都心ノ病院ニテ幻覚ヲ見タルコト

Tatsuhiko Shibusawa

澁澤龍彦

P+D BOOKS

小学館

目次

I

目次

目次

Ⅵ

I

都心ノ病院ニテ幻覚ヲ見タルコト

昨年（昭和六十一年）の九月八日から十二月二十四日まで、ほぼ三ヵ月半にわたって私は東京都内の某大学病院に入院して、思ってもみなかった下咽頭腫瘍のための大手術を受けたものであるが、いま、自分の病気について書く気はまったくない。そもそも私は闘病記とか病床日記とかいった種類の文章が大きらいなのである。そんなものを書くくらいなら死んだほうがましだとさえ思っている。ただ、はなしの都合上、病気のことにふれないわけにいかないから、いくらかふれることをお許しいただきたい。

自慢するわけではないが、十一月十一日に行われた私の手術は朝の八時半からはじまって、ようやく終ったのが午後の十一時半であったから、えんえん十五時間を要したわけであり、麻酔学の発達した今日でなければとても考えられないような、文字通りの大手術であった。体重三十七キロにまで痩せてしまった私が、はたして十五時間の手術に堪えられるかどうか、執刀する医者たちはあやぶんだそうである。自分でも、よく生きていたなと思う。手術が終ったとき、「シブサワさん、シブサワさん……」と看護婦たちに連呼されて、私はぼんやり目をあけたが、なんだか遠い遠い国から帰ってきたような、ひどく疲れた気分が体内にのこっていた。あとで聞いたはなしだが、看護婦に名前を呼ばれて目をさましたとき、私はベッドに寝たままの姿勢で、いきなり目の前の看護婦のひとりの手をとると、これを自分の唇に押しつけたそうである。ふざけて看護婦の手にキスをしたのだそうである。そのあと、ただちに私はふたたび吸いこまれるように深い眠りに落ちてしまったから、そのときの自分のふるまいについてはまるでおぼえていない。おぼえていないが、そういわれてみれば、そんなことをしたような気もしないではない。一種のサービス精神かもしれないが、私には、ときあって、そういう愚かなまねをする癖があるということを自分で承知しているからだ。あんなにくたくたに疲れていても、そういう癖がつい出たのかと思うと、われながらおかしな気がする。

こんなことを語るつもりではなかった。じつは私は入院中、これまで自分にはさっぱり縁のないものとばかり思っていた幻覚を、初めてまのあたりに見た体験を語りたかったのである。幻覚体験、これこそ入院中のもっとも印象的なエピソードだった。

気質というか体質というか、幻覚を見やすいひとと見にくいひとがいることは当然であろう。私は怪異譚や幻想譚を大いに好む人間だが、それでいて、あきらかにタイプとしては幻覚を見にくい部類の人間に属していると自分では信じていた。生れてから一度として、幽霊もおばけも見たことがないのである。たとえばメリメのように、鷗外のように、私は怪異譚や幻想譚を冷静な目で眺めることを好んでいたし、げんに好んでいるわけで、ネルヴァルのような譫妄性の幻覚には自分はまったく縁がないと思っていた。しかし薬物の作用というのはおそろしいもので、私は否も応もなく、まざまざと幻覚を見させられてしまったのである。

いうまでもあるまいが、以下に私が語ろうとしている幻覚の体験は嘘いつわりなく正真正銘のもので、けっしてロマネスクに粉飾したり修正したりしたものではない。これは小説ではなくて、あくまで私の体験記なのだということをふたたびここに強調しておこう。

手術が終ると、私はただちに私の個室にはこびこまれ、そこで二三日、うつらうつらと夢と現実のあいだに意識をあそばせていた。つまり二三日ばかりは意識が完全に正常にはもどらなかった。すでに手術はとっくに終っているのに、私は何度となく夢うつつの境で「さあ、これから手術だぞ。用意はいいかな」と自分で自分にいい聞かせ、そのたびに「あ、そうか。手術はもう終っていたんだっけ」と気がついたりしたものである。時間が混乱して、手術の前の時間が思いがけなく私の意識の表面に飛び出してきたりするのである。どういうわけか、そのことに気がつくと、私は非常にさびしい気持がしたということを告白しておく。

前に「遠い遠い国から帰ってきたような、ひどく疲れた気分」と書いたが、実際、手術の完了を軸として、あたかも回転ドアをぐるりとまわしたように、私はまったくちがった時間の支配する領域へ迷いこんでしまったような気がしたものであった。ビルの十一階にある私の個室は白い壁の四角い部屋で、一方に窓があり、室内にはベッドや机や冷蔵庫が置いてあるだけのものだったが、手術ののち、ふたたび同じ部屋へもどってくると、それがまるで別の部屋のように見えて、おやと思うこともしばしばだった。「おれはいままでこんな部屋に寝ていたのかな」と狐につままれたような気がする。二ヵ月も寝ていた部屋なのに。

時間の混乱とは関係ないが、初めて鏡で自分の顔を見たときもショックだった。これがおれの顔か、と思ったものである。それは手術のためにみにくくふくれあがって、以前の私のすっきりした面貌とは似ても似つかぬものとなっていた。南無三宝、私は鏡をほうり出して目をつぶった。

さて、そうしてうつらうつらしながら無為の時間をすごしていたとき、ある夜、私は看護婦から痛みどめの薬をもらった。点滴で注入してもらったのである。ある夜と書いたが、正確にいえばその日は手術後三日目である。なにしろ肝心の咽頭および喉頭をはじめとして、食道の大部分、それに腸の一部分を切っているので、切ってから二三日してもなお、じわじわと痛みがからだじゅうに沁みわたってくる。それを緩和するために薬をもらったわけだが、あとで聞いたところによると、それはソセゴンという名の一種の麻薬で、ひとによっては幻覚を生ずる場合もあるということだった。どうやら看護婦はこれを独断で私にあたえたらしいので、後日、そのことが病院内で問題になったようだ。しかし私には彼女を責める気は少しもない。生れて初めての幻覚体験を味わわせてくれたというだけでも、むしろ彼女には感謝すべきではないかと思っているほどだ。そうではあるまいか。

薬の注入後三十分ほどして、いろんな幻覚が次々にあらわれ出した。

まず最初の徴候は、部屋の天井だった。前にも述べたように、私の個室は清潔なホテルの一室を思わせるような、まっしろな壁の新しいモダンな建築で、新しいから壁にも天井にも染みだの汚れだのはほとんどない。それなのに、天井いちめんに地図がびっしり描きこんであるように見える。よく見ると東京都の地図らしく、何々区というような文字が記入してあるのまで見える。私はふしぎに思って、面会にきていた妻に、声が出ないから筆談で、

「おい、天井に地図が描いてあるだろう。おかしいな。どうして病院の天井に地図なんか描いてあるのかな。」

妻はおどろいて、

「え、地図。地図なんか描いてないわよ。あなた、目がどうかしたんじゃないの。」

しかし妻にいわれても、天井の地図は一向に消えない。そのうちに、天井にはまっている細長い蛍光灯の枠に、やはり文字があらわれ出した。ゴシック体の活字でカンディンスキー、モンドリアンと書いてある。文字の色はあざやかな桃色である。

私はまず最初、つやつやした蛍光灯の木製（あるいはプラスチック製か）の枠に、鏡のように文字が映っているのだろうと思った。そういえば机の上に新刊の美術雑誌が置いてある。美術雑誌の表紙に刷られた文字が、蛍光灯の枠に映っているのだろう。しかし妻に持ってこさせた美術雑誌を手にとって見ても、カンディンスキー、モンドリアンなどという文字はどこにも刷られていなかった。これもあきらかに私の幻覚より以外のものではなかったようだ。

個室の天井には、蛍光灯のほかにも換気孔だの火災報知器だのスプリンクラーだの、そのほか得体の知れない装置がいろいろ取りつけてある。その多くは円いかたちをして、いくらか天井から出っ張っている。これらの装置が、やがて少しずつ動き出したのには私もおどろいた。あるものは、舞楽の蘭陵王そっくりなおそろしい顔になり、ひたと私のほうをにらみながら、その首をぐっと伸ばしはじめた。首はどこまでも伸びるかに見えたが、一定の長さに達すると、ぴたりととまった。そして、いつまでも私のほうをにらんでいる。ときどき、その首ががくり、がくりとゆれる。気味がわるいったらない。

また別の装置は、私の家にある刺身を盛るための大皿とそっくりになった。京都の古道具屋で買った皿で、青い色で焼きつけた山水画ふうの模様までがそっくりそのまま再現されている。どうしてこんなところに刺身の皿なんか出てくるのだろうと、解しかねる気持でいっぱいだったが、出てきたのだから仕方がない。無意味といえばこれほど無意味な幻覚はなく、しかもそれがあきれるほどリアルなので、ただただ私はぽかんとして天井を眺めているよりほかはなかった。皿は天井にぴたりと貼りついて、いつまでも動かなかった。

ここでちょっと注釈しておけば、これらの幻覚は細部にいたるまで、じつにリアルに具象的に再現されていて、あいまいな部分やぼんやりした部分は一ヵ所もなかった。蘭陵王にしても刺身の皿にしても、目の底にくっきりと灼きつくほど、なまなましい現実感と存在感にあふれていたのである。幻覚はまた、ときに万華鏡のように華麗で美しくさえあった。

たとえば、こんな調子である。天井から透明な紙を切りぬいた、クラゲのようなかたちのものがいくつとなく降りてきて、きらきら光りながらあたりいちめんに浮遊する。それこそカンディンスキーの絵のようであり、あるいは水族館の中の光景のようである。そうかと思うと、巨大なクモあるいはカニのような生きものが、その節くれだった黒い脚で天井をのろのろ這いまわっているような、まことに気味のわるい光景も見られた。

ところで、これまでの幻覚はすべて外部に投影されたイメージであったが、それとは別に、いわば内部に投影されたイメージともいうべき種類の幻覚もあった。つまり、目を閉じると瞼の裏にあらわれてくる幻覚である。どちらかといえば、私には、この瞼の裏に執拗にあらわれてくる幻覚のほうがいっそう不快であった。これに似た幻覚は、前に気管切開のために局部麻酔をしたときに見たことがあった。しかし前のそれと決定的にちがっていたのは、今度のそれが、圧倒的にイメージが豊富であるということと、ただただ不快感をもよおすだけの、ぶきみなイメージに終始していたということである。あんなに不快なイメージを私はそれまで見たことがなかった。

それでは具体的にどんなイメージかというと、これが非常に説明しにくいのである。まあ何とか私の筆で説明してみよう。

あるときは、インドのカジュラホかエローラの寺院の浮彫のように、半裸の男女がごちゃごちゃとからまり合っているかと思うと、急に場面が変って、猥雑な東南アジアか香港あたりの市場のような風景になったりする。それでも、ごちゃごちゃと人間が密集し雑踏していることに変りはなくて、彼らは口々に何か叫んだり笑ったりしている。すると、また急に場面が変って、今度は江戸時代の錦絵の中の相撲とりのような、畸形的にふくらんだ肉体の男どもがぞろぞろあらわれる。彼らの顔は、それぞれじつにリアルで、いやらしいほど精力的である。それがまた変って、次にはぶよぶよしたラクダのような、牛のような、何とも気味のわるい不恰好な動物の一群があらわれる。動物かと思うと、それが女の顔をしていてひとをばかにしたように、にやりと笑ったりする。場面が変って、次にはどてらを着たやくざ者のような男どもがあらわれ、下半身をあらわにして、男同士で猥褻な行為をする。また場面が変って、今度はどこかの市場の中の店であり、店の女の売り子が耳ざわりな大声あげて、なにとも知れぬ品物を私に売りつけようと躍起になったりする。

こんなことを書いていたら切りがないが、実際、切りがないほど次々に場面が変って、思いがけない方向にどんどんイメージが展開するのである。しかも、それがことごとく私にとってはひどく不快なイメージなのだ。

目をつぶれば、否も応もなく瞼の裏に不快なイメージが見えてくるので、その晩、ついに私は眠ることをあきらめ、朝まで目をあけていることにした。それでも明けがた近く、さすがに疲れ切って、いくらか眠ったらしい。

こうして最初の晩がすぎて、翌日の朝になると、もう私は幻覚に悩まされることもあるまいと思った。ところが、それは甘い見通しだった。しつこいもので、薬物の効果はまだつづいていたのである。

朝、天井を見ると、またしても昨夜と同じ蘭陵王がぐっと鎌首をもたげて、私のほうをにらみながら伸びてくる。刺身の大皿も、相変らず天井にへばりついている。どういう理由によるものか分らぬが、幻覚のイメージは昨夜とまるで同じだった。もっとも、最初のうちこそ気味がわるくてやり切れなかったが、これらの幻覚には私も急速に慣れてしまって、やがて平気になった。蘭陵王よ、いつまでも勝手ににらんでいるがいい。おれは平気だぞ。私はこころの中で、こうつぶやいていた。むしろ私を恐怖させたのは、二日目にあらわれた次のごとき新たな種類の幻覚である。

それは幾何学的幻覚とでもいったらよいだろうか、それともトポロジカルな幻覚というべきか、四角い私の個室が九十度だけ傾斜するのである。つまり、それまで水平な床であった面が、いつのまにか垂直な壁の面に変っているのだ。ふっと気がつくと、私のベッドは垂直な壁面に宙吊りになっている。私は前方へつんのめって、ベッドからころがり落ちそうになる。非常な不安感で、思わず、あっと声をあげそうになる。そういうことが何度かあって、私はその都度、肝を冷やしたものだ。

薬を注入してから三日目になっても、幻覚はまだつづいていた。さすがに目をつぶるとあらわれる、猥雑な男女の乱交シーンのごとき不快なイメージは下火になって、ほとんどあらわれることがなくなったが、それでもまだ、小さな幻覚の徴候は頻々とあらわれて、私をおびやかした。

部屋が乾燥するので、加湿器というものが置いてある。水蒸気を霧のように室内に噴出する器具である。この部屋に常時ただよっている水蒸気の霧が、あたかも白いレースのカーテンのように見えて、風をはらみつつ、私のほうにぐんぐん迫ってくる。思わず手をあげて、目の前まで迫ってきたカーテンを振りはらおうとしたことも再三であった。何もない空間を手で振りはらってから、「あ、これはカーテンじゃない、水蒸気なんだ」とようやく気がつくのである。

こんなこともあった。部屋の一隅にあるロッカーに、ハンガーで私のガウンが吊るしてある。そのロッカーの上には、ドライフラワーの花束がのせてある。夜なんか、ひょっと目をさますと、このドライフラワーが、ガウンを着た巨大な人物の醜怪な顔のように見えて、私をおびやかす。私はロッカーのほうを見ないようにして眠ることにしたものだ。

こんなことを書くと、それは単なるストレスによる神経過敏の症状にすぎなくて、幻覚などといった大げさなものではない、という意見を出すひとがいるかもしれない。事実、私が最初の晩、見たばかりの幻覚の症状を若い当直の医師にうったえると、彼は平然としてそのように答えたのである。しかしストレスだなんて、嗤うべき意見である。私は確信をもっていうが、あんなに鮮明なイメージを伴う幻覚が、ストレスなどというあいまいな状態から生ずるはずはなく、これはあきらかに薬物による一時的な中毒以外の何ものでもないのだ。そういえばアルコール中毒の幻覚も、私が見たそれにかなり似ているのではないだろうか。

ただ病院では、このことをあまり表沙汰にしたくないらしく、私に対しても、最後まではっきりした説明をすることを避けていたように見受けられた。私がソセゴンという薬品の名前を知ったのも、看護婦のひとりがつい口をすべらせたからで、病院のほうから正式に知らされたわけではないのである。

幻覚は四日目までつづいて、五日目からはぴたりとあらわれなくなった。いくら天井を見つめていても、もう蘭陵王のおそろしい顔はするすると伸びてこないし、刺身の大皿も出現しない。地図がびっしり描きこんであるように見えた天井も、ただの白い平面にすぎなくなった。やっと薬のききめが完全に切れたのであろう。

もはや幻覚に悩まされることがなくなると、からだじゅうに大小八本の管を通して、じっと仰向けに寝ていなければならなかった私は、本を読むこともできないので、退屈のあまり、これからの自分の号を考えることにした。手術のとき声帯を完全に切除してしまったので、私にはもう声を発することができなくなっている。荷風が断腸亭と号したように、あるいは秋成が無腸と号したように、私もこれからさき、無声あるいは亡声と号すべきではないか。しかしどうも、この号は平凡であまりおもしろくない。魚には声がないから、魚声居士という号はどうか。いや、これもやはり気に入らない。とつおいつ考えた末に、ひらめくものがあって、私は呑珠庵という号を思いついた。

私が咽頭に腫瘍を生じたのは、美しい珠を呑みこんでしまったためで、珠がのどにつかえているから、声が出なくなってしまったという見立てである。そこで呑珠庵。あるいは呑珠亡声居士でもいい。私は子どものころ、あやまって父親の金のカフスボタンを呑みこんでしまったことがあるので、この見立てはますます自分の気に入った。あのスペインの放蕩児ドン・ジュアンに音が似ているところも、わるくないと思った。

ただ、幕末の漢詩人に日柳燕石というものあり、このものが呑象楼と名のっていたことを思い出して、私はちょっと気になった。呑象楼と呑珠庵。なんだか似ているような気がしたからである。しかしまあ、似ていたって別にかまわないじゃないか。燕石は四国のやくざの親分で、脱藩した高杉晋作を自邸にかくまったほどの豪気な男である。号が似ていれば、私はこの男の豪気さに多少なりともあやかることができるかもしれない。そう思って、私は個室のベッドに仰向けに寝たまま、呑珠庵の号を今後の自分のために採用することにきめたのだった。

穴ノアル肉体ノコト

男性には一般に、のどにノドボトケという突起物、すなわちヨーロッパでいうところの「アダムの林檎」なるものがあるが、私には、それがなくなってしまっている。そうして、のどの下のあたり、ちょうど左右の鎖骨のあいだに、ぽかりと一個の穴があいている。この穴によって、もっぱら私は呼吸をしているのである。

人間は一般に鼻の孔で呼吸をしており、鼻の孔から気管、肺とつながっているわけであるが、私は手術によって気管の途中に穴をあけ、鼻からの通路を断ち切り、その穴から呼吸をするようにしてしまったために、もはや一般人のように、鼻の孔で呼吸をするということはできなくなってしまっているのだ。

呼吸をしない鼻の孔とは、そもそも何であろうか。無用の長物にすぎない。つまり私にとって、鼻の孔は何の役にも立たず、顔のまんなかに蟠踞している鼻なるものは、単に美学的な意味においてのみ存在を主張しうるにすぎないものとなっているのだ。

しかし一般人には、かかる理窟がなかなか呑みこめないもののごとく、私に向って、なぐさめ顔に、こんなことをいうひとがいる。

「でも、その穴は一時的なもので、いずれはふさいでしまうのでしょう。」

私は声が出ないから、筆談をもって次のように答える。

「いや、そうじゃないんです。私が生きているかぎり、この穴はいつまでも、あけっぱなしのままですよ。ふさいだら死んでしまうのですから。」

実際、この穴をふさいだら、私はたちどころに窒息してしまうにちがいない。ふさがなくても、たとえば水などが侵入してきたら一大事である。風呂へはいるときにも、私はよくよく注意して、お湯が鎖骨の線よりも上へは来ないように気をつけている。もし酔っぱらって風呂へはいり、そのまま前後不覚に寝てしまって、お湯がぶくぶく穴から侵入でもしてこようものなら、私はそれっきりお陀仏であろう。

そのかわり、鼻の孔や口をふさがれても、私は平然たるものであろう。暴漢に襲われて首を締められても、さらに痛痒を感じないであろう。これらはメリットともいうべきものだが、逆に困ったこともないわけではない。なにより私にとって残念でたまらないのは、自殺の中でもっとも安易な手段というべき、あの首吊り自殺が私には永久に不可能になってしまったという一事である。

たとえぶらりと縄にぶらさがっても、その縄が私の首をきりきりと締めつけても、私は一向に息苦しくはならないであろうし、一向に死にはしないであろう。なぜなら、首の下のほうに口をあけた穴によって、私はひそかに呼吸をつづけていられるからである。

首吊り自殺の縄にぶらさがったはよいが、いつまでも死ねずに生きているというのは、まさに喜劇以外の何ものでもないのではなかろうか。

それにしても、だれにでも実現可能な、いちばん手軽な自殺の方法である首吊りが、私にだけは奪われているというのは、どう考えても不公平なような気がしてならないのであるが、どんなものだろうか。

さて、こうして私は腫瘍の手術以来、のどの穴とともに生き、のどの穴とともに暮らしてゆかねばならぬ運命を甘受しているわけだが、それにはそれ相当の苦労があるということも知っておいてほしいことの一つである。いや、べつだん苦労というほどのものではないが、毎日の管理、毎日の保護がなかなか面倒なのである。

まず冬は乾燥しやすいから、この神経質な穴には、たえずネプライザー（吸入器）によって適度な湿気をあたえておくようにしなければならない。そうして穴の周辺を清潔にしておいて、穴にはガーゼの前垂れをかける。冷たい外気に直接ふれさせないためである。ちょうど鼻の孔に鼻毛というものがあって、外気の直接の侵入を防いでいるように、この穴にもガーゼの遮蔽物が必要とされるのである。

穴とともに生きるようになってから、私には鏡を見る機会がめっきりふえた。つねに身辺に小さな鏡を用意しておいて、やれ穴から痰が出ていはしまいか、やれ穴の周辺が汚れていはしまいかと、気にしなければならなくなったためである。ダンディーは鏡とともに生きるとボードレールはいったものだが、いかに鏡をひねくりまわしたところで、のどに穴のあいたダンディーでは、どうもあまりぞっとしないであろう。まあ仕方がない。

ときどき左手に鏡をもち、右手でガーゼの前垂れをめくっては、私は自分ののどにぽっかり口をあけた、奇怪な穴をしげしげと眺めてみる。そのたびに「やれやれ、これがおれの肉体か」という思いを禁じえない。あの十八世紀のラメトリの『人間機械論』を思い出すが、まさに私の肉体は機械以外の何ものでもなくなってしまったような気がするのだ。いや、機械どころか、首から胸にかけて走っている手術のための無残な瘢痕を見れば、むしろフランケンシュタインといったほうが適切であろう。すでに私は人造人間に近いと思わざるをえないのだ。

ごく若いうちから、私には、人間の肉体は一個のオブジェにほかならないという思いが強かったものだが、いま、五十代のおわりになって、私はそのことを身をもって証明したかのような、ふしぎな気持にとらわれている。もしかすると、私の肉体は私の思想を追いかけているのかもしれない。ふっと、そんな気のすることがある昨今だ。

穴のある肉体。男は女よりも肉体における穴の数が一つだけ少ないが、どうやら私は新たにうがった穴によって、女にひとしい穴の数を所有することができたともいえそうである。両性具有。私ののどの穴は、もしかしたら女陰の代替物なのかもしれない。私の潜在的な両性具有願望の、はからずも実現されたすがたなのかもしれない。そういえば、私には男性の象徴たるノドボトケも、すでに失われているのである。

鏡を見つめながら、私は自分の肉体をめぐる妄想にのめりこんでゆく。首から下はほとんど機械同然になってしまったのに、首から上では、まだ埒もない妄想をたくましくしているかと思うと、われながらおかしな気がして、つい笑ってしまうこともある。

いま読みかえしてみたところだが、この私の文章、さきごろ亡くなった磯田光一にぜひ読んでもらいたかった。ぜひ読ませたかった。磯田は私のこういう種類の文章を、つねづねもっとも好んで読んでくれた批評家だったからである。磯田が死んで、私は百万の読者を失ったような気がしている。

随筆家失格

随筆を書けといわれると、私はいちばん往生する。テーマがきめられていればよいのだが、そうでない場合、書くべきテーマが容易に見つからないのである。

もともと私は身辺雑記を書くことを好まない。女房がどうしたとか、子どもがどうしたとか、そんなことは私の生活において、ほとんど何の意味ももっていないからだ。第一、私には子どもなんぞいやしない。だから身辺雑記を書くのを好まないというよりも、そもそも私の身辺には書くべき雑事が存在しないといったほうが正確であろう。人間関係のごたごたには、首を突っこまないで生きているのである。

どちらかといえば私にとっては、季節の移り変りや自然の事象のほうが、まだしも随筆に書きやすいといえるかもしれない。私は北鎌倉に住んでいるが、ここには四季を通じて、鳥の声や虫の声が豊富であり、折々の花にもめぐまれているからである。しかし、それももうすでに何度となく書いてしまった。

だから、どうしても少年時代の思い出とか、戦中の回想とか、あるいは外国旅行や国内旅行のエピソードとかいった、非日常的なテーマを採りあげることが多くなる。しかし、これもまた一冊の本にするほど、今までに私はたくさん書いてしまったから、もう正直にいって種切れである。

目を自分の周囲に向けてみると、たとえば机の上に愛用のパイプだとか、万年筆だとか、あるいは文鎮として使っている刀の鍔《つば》だとかいったオブジェが見つかる。これだって、立派に随筆のテーマになるといえばいえるであろう。げんに私は「パイプの話」などという随筆を書いたことがある。しかし、これらのオブジェをテーマとして、うまく一篇の随筆を組み立てるのは、やはりなかなかむずかしいといわねばならぬ。

たった二枚か三枚の随筆のために、書くべきテーマが見つからないで、二日も三日も、うんうんいって原稿用紙をにらんでいるのは、まことにばかばかしいような気がしないでもないが、そういうことが私にはしばしば起るので、つくづく閉口している次第だ。

もしかしたら、私はテーマにこだわりすぎる人間なのかもしれない。テーマなんかきめずに、どんどん話をつないでゆけばよいのかもしれない。それが日本独特の随筆というジャンルの骨法なのかもしれない。そうだとすれば、私は随筆家失格である。

私の著作展

京都のさる古書店で、一九五四年以来の三十年におよぶ私の著作活動を回顧し、現在までの私の全著作、全翻訳を一堂にあつめ展示するという企画があったので、あそびがてら京都へ足をはこんだ。

数えてみたことはないが、私の著作も翻訳をふくめれば、すでに百冊はもちろん越えているだろうし、それに同じ著作でもいろんな版があるから、全部ということになるとおびただしい数になる。よくもまあ集めたものだと感心するが、その古書店の経営者はまだ若いひとで、店もむかしの古書店のイメージからは遠かった。

モダンなビルの三階にあるサロン風の店内にはしずかに音楽が流れ、ガラスのショーケースと接待用のソファーやテーブルが置いてあって、ちょっと都心の画廊のような雰囲気であった。日本広しといえども、これだけモダンでゆったりした感じの古書店はあるまいと思われた。さすがに若い店主のセンスが反映している。

観葉植物の鉢の置いてあるガラス張りのロビーから外を眺めると、三条河原町の繁華街がつい目の下に見える。

じつは、この古書店のあるビルは、かつて幕末のころ、討幕派の浪士たちが謀議をこらしている最中、近藤や土方をはじめとする新選組の連中が斬りこんで乱闘になったという、あの有名な旅籠屋のあった場所に建てられたビルだったのである。ビルの名前も、その歴史に名高い事件のあった旅籠屋の名前をそのまま踏襲している。

古いものと新しいものとが共存している京都のことだから、幕末の旅籠屋が面目を一新してビルになっても一向に不思議はなかろうが、そんなところで私の著作が展示されるとは思いもよらなかったので、その偶然を私はおもしろく思ったものだ。

むかしは私も豪華本や限定本を好んで出したものだが、近ごろでは、そういう興味もふっつりとなくなってしまった。

大型の本や変型版の本なんぞは大きらいで、こういう本を出すのは傍迷惑だから、慎まなければいけないと思っている。考えてもみるがいい、容易に本棚におさまらないような本は、だれだって扱いに困るのである。

それから重い本も困る。たたみ半畳分もありそうな、ばかでかい画集などを贈ってもらっても、かえって私はうんざりするばかりである。

校正について

かつて岩波書店で社外の校正係をやっていたことがあるので、校正に関しては私はベテランのつもりであり、近ごろの編集者の校正の下手さ加減が目について仕方がない。

「校正の神様」として有名なのは神代種亮であるが、アルバイトがなくて貧乏している若い私に岩波書店の校正の仕事を世話してくれたのは、これも「校正の神様」といわれた西島九州男氏であった。

西島さんは昭和五十五年に八十六歳で亡くなられたが、麦南という俳号のある蛇笏門下の俳人でもあり、岩波では約四十年間にわたって校正を担当、漱石や露伴や龍之介の大著をほとんど手がけたという。

私が知り合ったころ、すでに六十をすぎていた西島さんは、小柄だけれども姿勢がよく、いつも口をへの字にむすんでいて、その口をひらけば必ず辛辣なことばが飛び出した。煮ても焼いても食えない老人だったが、いかにも明治人らしい理想主義の背骨がぴんと通っていて、おもしろいひとだった。

それはともかく、校正というのは独特な注意力の持続を要求する仕事で、生来それに向いていないひとは、いくら努力をしてもダメだと思ったほうがよさそうである。編集者としてきわめて有能なひとでも、校正だけはからきしダメというひとがいる。

私もかつては校正者として他人の本の校正をしていたものだが、いまでは著者として自分の本の校正をしてもらう側の人間になってしまった。だから校正者の気持もよく分るつもりなのだが、やはり腹が立つときは腹が立つものである。

近ごろの校正者の通弊として、私がもっとも困ったものだと思うのは、やたらに字句の統一ということを気にする点である。これは画一的な学校教育や受験勉強の影響ではないか、などと考えてしまうほどだ。「生む」と書こうが「産む」と書こうが、どっちでもいいのである。その場合に応じて、両方を使い分けても一向に差支えないのである。

それからまた、すべてを広辞苑に基づいて判断するというのも、困った傾向である。私が「膝まづく」と書くと、「跪く」ではないかと疑問符を付されることが多い。広辞苑には「跪く」しか出ていないからだ。

「渇を癒す」と書くと、「渇き」ではないかと指摘されることがある。これは「カツをいやす」と読むのである。「カワキ」ではないのである。そのくらい、おぼえてほしいものだ。

ポンカリ

道をはさんで　畑《はた》いちめんに
麦は穂が出る　菜は花ざかり
ねむる蝶々　飛び立つひばり
吹くや春風　たもとも軽く
あちらこちらに　桑摘む乙女
日まし日ましに　春蚕《はるご》もふとる

たしか小学唱歌だったと思うが、こんな歌をよく歌った記憶がある。考えてみると、私が子どものころには、まだ東京の周辺にも田んぼや畑がいっぱいあったから、小学校で教えられる歌も、田園情緒を叙したような歌が圧倒的に多かったような気がする。

それで思い出したが、つい先日、私は拙宅へ原稿を取りにきた若い編集者と、次のような問答を交わした。

「きみはどこに住んでるの」と私。

「板橋です」と編集者。

「そりゃたいへんだ。会社へ通うのに、ずいぶん時間がかかるだろう。電車はどこの駅で降りるの」

すると編集者はきょとんとした顔をして、

「地下鉄ですけど……」

ああ、そうか、いまでは板橋まで地下鉄が通じているのか、と私は思って、一瞬、茫然としたものであった。かならずしも知らないわけではなかったのに、つい戦前の記憶が前面に出てきてしまうのである。

私のイメージでは、板橋といえば、田んぼがあって農家があって、カエルが鳴いているのである。池袋から東武線あるいは武蔵野線に乗り換えるか、さもなければバスで行く。それ以外に方法はない。武蔵野の雑木林がつづいていて、いかにも郊外へきたという感じがする。

そういえば郊外という言葉も、最近はとんと使われなくなったなあ、とつくづく思う。郊外電車とか郊外散歩とか。現在のマンモス都市東京に、はたして郊外と呼ばれうる地域があるのかどうかも、私にはよく分らない。

カエルが鳴いていると書いたが、実際、私はカエルを捕りに板橋の農場へ行ったことをおぼえているのだ。私たちの旧制中学には園芸という課目があって、ときどき板橋の農場で畑仕事をやらされた。

あるとき、博物の授業でカエルの解剖をやることになって、私たちは教師に命ぜられて農場へカエルを捕りに行った。農場は、池袋から大山行きのバスに乗って行く。

背中に金線のある立派なトノサマガエルを、私たちはバケツの中に何十匹となく捕えたものだ。

生物ではなくて、私たちの時代にはまだ博物と呼ばれていた。解剖はカエルのほかにも、スズメ、シロネズミなどをやったのをおぼえている。太平洋戦争中の話である。

ホルマリンの匂いのする動物の屍体をメスで切開する前に、まず教師が掌を合わせて、

「ナムキエブツ」という。

すると私たち一同も声をそろえて、

「ナムキエブツ」と繰りかえす。

教師がふたたび声を張りあげて、

「ナムキエブツ」

「ナムキエブツ」
三度目には抑揚をつけて、
「ナームキエブッ」
「ナームキエブッ」
おかしくなって噴き出すような不心得者もあったが、教師もべつに叱りはしなかった。いま考えても、なごやかな教室風景だったと思う。ナムキエブツは申すまでもなく南無帰依仏であろう。

園芸の時間には、縄を綯《な》うことを教わったものだ。片方の膝を曲げて坐り、上腿と下腿のあいだに二束の藁をはさみ、左右の掌を拝むようにこすり合わせて、二束の藁を一本の縄に綯い合わせる。一度こつをおぼえてしまえば簡単だ。「拝めば拝むほど長くなるもの、なあに」という謎々があったものだが、その答えは縄なのである。

もっとも、現在では縄を使うこともあんまりないから、こんな技術をおぼえても、なんの役にも立たないにちがいない。

両掌を拝むようにこすり合わせて縄を綯いながら、私たちは調子をとるために、ばかげた尻とり歌を歌ったものであった。

陸軍の、乃木さんが、凱旋す、すずめ、めじろ、ロシヤ、野蛮国、クロパトキン、きんたま、マカロフ、ふんどし、締めた、高ジャッポ、ポンカリ、陸軍の……
また元へもどって永久に終らない尻とり歌であるが、この最後の「ポンカリ」とはいったい何であるか、いくら首をひねって考えても分らない。

少女と奇蹟

常識では信じられないようなことが起ると、私たちはこれを奇蹟と呼ぶ。英語やフランス語ではミラクルだ。ヨーロッパには、こうしたミラクルばかりをあつめた本もある。たとえば『黄金伝説』という美しいタイトルによって知られる、聖者や聖女たちの事蹟をあつめた中世の説話集がある。

「むかし、女聖者アガト、シシリヤの執政官の迫害をこうむり、雙の乳房を断たれて獄に下さる。この夜獄中に奇瑞あらわれて、雙の乳房その胸にあること元のごとしという。」

右は石川淳さんの短篇小説「ゆう女始末」の中の一節だが、この女聖者アガト（ラテン語ではアガタ）などというのも『黄金伝説』に登場するあまたの聖者たちのひとりにほかならぬ。

少女アガタは貴族の出で、美貌にめぐまれ、シシリアの町に住んでいたが、シシリア総督のクインティアヌスという者に横恋慕され、しつこく言い寄られた。しかし彼女の意志が堅く、どうしても自分のものにならないと知ると、クインティアヌスは彼女を娼家に送った。それでも彼女はなびかない。ついに総督は彼女を牢に入れ、おそろしい拷問によって復讐しようとした。すなわち彼女の乳房を鞭で打たせ、長いこと苦しめたあげくに乳房を切り落とさせたのである。

ところが夜になると、獄中に聖ペテロが老人のすがたであらわれて、彼女の全身の傷をすっかり治してくれたばかりか、切られた乳房も、元のようにちゃんと胸につけてくれた。——これが聖女アガタの奇蹟である。

どういうものか、奇蹟はうら若い少女の身に起ることが多いようだ。『黄金伝説』の作者もそれをよく知っていたから、奇蹟をあらわした聖者の中に、何人かのうら若い少女を混ぜることを忘れなかった。白いバラの中に赤いバラの花を混ぜるように。

いったい、どうして奇蹟はよく少女の身に起るのだろうか。さあ、この疑問に答えるのはむずかしい。しかしちょっと観点を変えて、むかしから、けがれなき処女というイメージには、なにか超自然的な、危険な魔力がひそんでいると信じられてきたことを思えば、少女と奇蹟の密接な関係も、なるほどと納得することができるのではないだろうか。たとえば、みなさんもよく御存じのジャンヌ・ダルクという少女の場合がある。これを採りあげてみよう。

ジャンヌ・ダルクは、一方から見れば、フランスの愛国心のもっとも純潔な象徴であるが、また他方から見れば、イギリス軍に恐れられ、とらえられて焼き殺された魔女である。奇蹟を行う超能力をもった少女は、スターのようにひとびとを魅惑するが、しばしば不吉な存在として恐れられもしたのである。

一四二九年三月。若武者のように銀色の甲冑に身をかためた、ひとりのうら若い少女が、当時、フランス王太子シャルルの住んでいたシノンの町へやってきて、王太子にお目にかかりたいと申し出た。

彼女はまだ十七歳。ジャンヌと呼ばれ、ロレーヌとシャンパーニュのあいだの小さな村、ドムレミの生まれであり、貧しい羊飼いの娘であった。肌の色はやや浅黒いが、つつましく、美しい娘である。とりわけて変ったところもない。

しかしこのジャンヌという少女は、子どものころから信心ぶかく、野原で羊の番をしているあいだに、よく天使の声を聞いたり、神のまぼろしを見たりするという、奇蹟と親しんでいたのだった。そのころ、フランスは国中をイギリス軍に占領され、悲惨のどん底にあったが、ジャンヌは王太子をはげまして、国土をイギリスから解放しなければならぬと意を決し、王太子に会うために、はるばるシノンまでやってきたのである。

王太子から少数の軍隊をもらうと、銀の鎧をきたジャンヌは白い馬にまたがって、その軍隊の先頭に立った。なんという凛々しいすがたであったことか。手にした軍旗には、百合の花の刺繡をした。御存じの方もあろうが、百合の花はフランス王家の紋章である。この凛々しい少女将軍のすがたを目にするや、にわかにフランス軍の兵士たちはふるい立って、それまで英国軍に包囲されていたオルレアンの町を解放した。奇蹟の勝利である。ジャンヌを「オルレアンの処女」と呼ぶのは、そのためである。

それからというものは、ジャンヌのひきいるフランス軍は、奇蹟のように連戦連勝の勢いであった。神のお告げによって行動しているつもりなので、ジャンヌ自身には絶対の信念がある。その信念がフランス軍のあいだにも伝播して、兵士たちの士気はますます鼓舞された。それと裏腹に、イギリス軍の兵士は彼女をひどく恐れるようになった。やがて魔女だという噂がながれ出した。

だから、ジャンヌが味方の裏切りによって、イギリス軍の手にとらえられると、さっそく宗教裁判所に引きわたされた。なんとかして彼女が魔女だという証拠をつかむために、七十五人の裁判官が、五カ月もかかって、あの手この手の訊問を行った。しかし彼女の応答たるや、じつに見事なもので、彼らにつけ入らせる隙をあたえなかった。

一説によると、ジャンヌは二つの乳房のあいだに、マンドラゴラというふしぎな植物の根をかくしていたのだそうである。この植物の根がジャンヌにかわって、まるで生きているように、裁判官の訊問に答えていたのだという。――こんな馬鹿げた説を流布させるほど、裁判官たちはうろたえていたのであろう。マンドラゴラという伝説的な植物は、その当時、魔女がよく利用する植物と考えられていたのだった。

最後にジャンヌは異端者の宣告を受け、一四三一年五月三十日、ルーアンの町の広場で、生きながら焼き殺された。

大きな目で眺めれば、ジャンヌもまた、歴史によくあらわれるスケープ・ゴート（犠牲の羊）の役目をはたしたのかもしれない。

やがて十五年後に、ジャンヌ・ダルクの名誉は回復され、つい二十世紀の一九二〇年には、教会によって聖女の列に加えられた。魔女も聖女も、超自然の存在であることに変りはない。奇蹟を行う少女は、結局は魔女か聖女のどちらかに分類しなければ、人間は安心できないもののようである。

ホモセクシュアルについて

どういうわけか、ホモセクシュアル（同性愛者）には芸術家が多いようである。その理由は、いずれ考えてみることにして、ちょっと思いつくままに、欧米の名高いホモセクシュアルの名前をひろってみよう。

イタリア・ルネサンスの大美術家として、だれでも知っているミケランジェロやレオナルド・ダ・ヴィンチはホモであった。シェイクスピアにもホモの疑いがある。シェイクスピアと同時代の劇作家マーロウは完全にホモだった。プラトンやソクラテスの時代のギリシアでは、男同士の恋愛がふつうだったので、わざわざホモと呼ぶのもおかしいくらいである。

音楽家でいえば、フランス十七世紀のリュリ、それからご存じロシアのチャイコフスキーがホモである。大天才ニジンスキーを発見したロシア・バレーの主宰者ディアギレフもホモである。

近代になるといよいよ多く、イギリスではカーペンター、ワイルド、F・M・フォースター、サマセット・モームなどの名前が思い浮かぶ。ドイツでは詩人プラーテン、ゲオルゲ、アメリカではホイットマンが有名であろう。

フランスにいたっては、新しい文学の創造に指導的な役割をはたしたひとびと、ヴェルレーヌ、ランボー、プルースト、ジッド、コクトー、ジャン・ジュネなどがすべてホモであり、ごく最近のことにしても、ミシェル・フーコー（彼はエイズで死んだといわれている）、ロラン・バルト（交通事故で死んだ）などはホモであった。

変ったところでは、童話作家のアンデルセン、アラビアのローレンスとして知られる探検家ローレンス、ヴィスコンティの映画で知られるようになったバイエルンの狂王ルードヴィヒ、それから、その映画を撮った監督のヴィスコンティなどがいる。そうそう、映画監督といえばパゾリーニの名前も忘れるべきではなかろう。

パゾリーニはローマの郊外で同性愛相手の少年に殺されたが、同じような死に方をしたひとに十八世紀ドイツのヴィンケルマンがいる。『ギリシア美術模倣論』を書いて、ゲーテあたりにも大きな影響をおよぼした美術史家である。ヴィンケルマンはウィーンで女帝マリア・テレジアから金銀のメダルを贈られ、ローマへ帰る途中、一七六八年六月八日、トリエステのホテルでアルカンジェリという男に刺殺された。犯行の動機は物盗りということになっているが、当時から謎の事件として注目されていた。最近、フランスの作家ドミニク・フェルナンデスが、この事件を採りあげ、犯人はホモの相手ではなかったろうかと推理している。

ベルトルッチ監督の「一九〇〇年」という映画のなかに、シチリア島で少年たちのヌード写真を撮っているオッタヴィオという奇妙な人物が出てきたが、私の想像するところでは、この人物のモデルはドイツのフォン・グレーデン男爵であろう。一九三一年に死ぬまで、シチリア島のタオルミナに住んで、ひたすら美しい少年のヌードばかり撮った写真家である。写真集『タオルミナ』がのこされているが、そこに集められた少年のヌードには、おそらくホモでないひとも魅惑されるだろう。

いうまでもなく、日本にもホモセクシュアルの伝統はある。僧侶や武士のあいだでは、ごくふつうのことだった。わざわざ織田信長や足利義満の例をあげるまでもあるまい。ちょっとめずらしい例をあげておくとすれば、『台記』という日記をのこしたので有名な平安後期の貴族、宇治の悪左府というニックネームのある藤原頼長がいる。平安朝のお公家さんのなかにも、ホモはたくさんいたのだということを知っておいても無駄ではあるまい。

前にも書いたが、どういうわけか、ホモセクシュアルのなかには非常にセンスがよくて、芸術や芸能の方面にすぐれた仕事をしているひとが多い。むかしから演劇人や舞踊家にはホモが多いといわれてきたが、最近では映画人やデザイナーの世界にも、この傾向がかなり目立っているようだ。

それでは、なぜ同性愛者には芸術家が多いのであろうか。この問題を解くのはむずかしい。たぶん心理学とか社会学とか、いろんな問題が関係してくるにちがいない。しかし簡単にいってしまえば、同性愛のセックスは不毛で、子どもが生まれるということがないので、この弱点を精神的文化的な領域での仕事によって補償しようという欲求が、無意識のうちに彼らを動かしているのではないかと思われる。

私の独断かもしれないが、どうもホモの連中は左ききの連中に似ているような気がしてならない。

左ききの連中のなかにも、むかしから、すぐれた芸術家が多いのである。レオナルド・ダ・ヴィンチもミケランジェロも左ききで、しかもホモである。ゲーテもベートーヴェンもシューマンもアンデルセンも左ききである。アンデルセンはホモでもあった。政治家ではフランクリン、ビスマルクが左ききだった。

左ききの連中も、右ききの世界では弱点をもっている。世の中の一切が右ききにとって都合のよいようにできているため、左ききには不便なことが多いのだ。その弱点を補償しようという無意識の欲求があって、左ききの連中は芸術やスポーツの世界に、あれほどすぐれた業績をのこしているのではあるまいか。どうも私には、そんな気がしてならないのである。

同性愛をへんな目で見るのは、左ききのひとを差別するのと同じく、ばかげたことである。

トーマス・マンの小説を美しく映画化したヴィスコンティの「ヴェニスに死す」などを見れば、たとえ同性愛にはまるで縁のないひとであっても、あるいは女性であっても、陶然とした気分になるのは自然であろうと思われる。これは少年愛だが、少年愛はホモセクシュアルの一つの形式であり、ヨーロッパではギリシア以来の伝統がある。日本でも、作家の稲垣足穂さんがしきりにこれを強調していたことは、まだ私たちの記憶に新しい。

稲垣さんの説によれば、美少年的なものこそいちばん美しいのであって、美少女も美少年的でなければならない。しかし、こんな理屈は、昨今の少女マンガを眺めれば一目瞭然であろう。

妄譚

都心の高層ビル。ホテルの一室。何度も迷った末に、やっと私はそこにたどりついた。一定のリズムで長いことドアをたたくと、やがて内側からドアがあいて、コカコーラの缶をにぎった少女があらわれた。

「なにをしていたの」と私。

「きまってるじゃありませんか。おじさんを待っていたのよ。あんまりおそいから、やけをおこして、冷蔵庫のビールをみんな飲んじゃったわ」

「それはコカコーラじゃないか」

「ああ、これね。コカコーラっていうの。あたし、コカコーラを飲むのは初めて」

「まさか。ふざけちゃいけない。きみはいくつだい」

「いくつかしら。生まれたのは関東大震災の翌年だから、ええと、大正十三年……」

「おいおい、おとなをからかうもんじゃないよ。少しはまじめな返事をしてくれ」

そういっても、少女はコカコーラの缶をにぎったまま、にこりともしなかった。

その日、私は一時間近くも少女と接触していたのに、ついに射精するまでにいたらなかった。

それから一週間たって、ふたたび私はホテルの一室を訪れた。二度目だったにもかかわらず、またしても私は迷いに迷って、少女の部屋にたどりつくまでに大汗をかいた。

おどろいたことに、このたびは少女は昔のオイランのように派手派手しい着物をきていて、おまけに濃い化粧をしていた。もうコカコーラの缶は手にしていなかった。

「また来たよ」と私。

「あら、失礼しちゃったわね、どちらだったかしら」

「つい一週間前にここで会ったばかりなのに、もう忘れるとはひどいな」

「一週間前には、あたしはパリにいたわ。あなたがここで会ったのは、たぶんあたしの双子の妹じゃないかしら」

信じられない思いで、私は少女の顔をまじまじと見つめた。見れば見るほど、この前の少女とそっくりで、これが別人だとはとても思えなかった。

「その、きみの双子の妹というのは、いまはどうしているの」

「死んだわ」

「え、死んだ……」

「この窓から飛びおりてね、手にはコカコーラの缶をしっかりにぎったまま……」

「また、そんなでたらめをいう」

私は少女の薄い肩を抱いた。

ホラーの夏 お化けの夏

今年の夏は、ホラー映画が若者や女性を中心にバカ受けしているという。特殊効果を駆使したSFホラーなんぞが売り物になって、映画館は押すな押すなの盛況ぶりだという。

いつからか、たぶん夏芝居として怪談物を上演した江戸時代の末期からだろう、夏はお化けということに相場がきまってしまったようであるが、それにしても、こんなことはめずらしい。お岩さまやドラキュラ伯爵も、すっかりお株を奪われて、さぞやびっくりしていることであろう。

それはともかく、夏とお化けとを結びつけたのは、日本人独特の季節感覚ともいうべきもので、おそらく外国人には理解しがたい感覚なのではあるまいか。たとえばイギリス人なんかは昔から幽霊や吸血鬼が大好きだが、どうして日本では夏にお岩さまやドラキュラ物が受けるのか、その理由がさっぱり分からないにちがいない。

夏はお盆の季節だから、ということもあるだろうが、今日では、ホラーはもっぱら消夏法として喜ばれている。

なぜホラーが消夏法になるのか。それは次のごとき三段論法の理由による。

お化けはこわい。お化けを見たり聞いたりすれば背すじがぞーっと寒くなる。したがって、夏の暑さをしのぐには、ホラーを求めるのが何よりである。――しかしこの三段論法は、まず日本人以外には絶対に通じないのではないかと思う。江戸時代以来のことで、私たちは当たりまえだと思っているが、じつに奇想天外な論理というべきで、そもそも恐怖の感情を利用して夏の暑さをしのぐなんて発想は、ヨーロッパ人やアメリカ人の頭の中から出てくるわけがないのである。

ヨーロッパは日本よりずっと緯度が北だから、モンスーン地帯の日本のようにむしむしと暑くはない。空気がからっと乾燥している。だからお化けの話を聞いて、ぞっと背すじを寒くして、夏の暑さをまぎらせる必要なんかないのである。これは私の推測だが、いかがなものか。

ホラー映画が若い女性のあいだに大受けだというが、私がひそかに興味をもつのは、首が飛んだり、血しぶきとともに内臓がえぐり出されたりする恐怖シーンに、脳貧血をおこして卒倒してしまう女性はいないのだろうか、ということである。この八〇年代には、そんな気の弱い女性はもはや絶無なのであろうか。

テレンス・フィッシャー監督の「吸血鬼ドラキュラ」という映画が銀座のテアトル東京で封切られたのは、たしか六〇年代の初めだったと記憶しているが、このときは、映画館内に救急室が設置された。脳貧血をおこす女性が続出したからである。ウソみたいな話であるが、私が見たのだから本当である。

もっとも、興行側が宣伝効果のために、これ見よがしに救急室を設置して、いかにこわい映画であるかを誇示したのかもしれない。あるいはまた、六〇年代から八〇年代へと時代がすすむにつれて、若い女性の心臓がますます強くなり、今日では、もはや映画館内に救急室を設置する必要はまったくなくなっているのかもしれない。

つい今年の夏、惜しくも亡くなった天知茂がニヒルな風貌の民谷伊右衛門を好演した、中川信夫監督の傑作「東海道四谷怪談」とともに、この「吸血鬼ドラキュラ」は、空前絶後のこわい映画として、いつまでも私の記憶のなかに生きている。映画のなかでもっともショッキングだった場面は、最後に城の中で追いつめられたドラキュラ伯爵が、十字架と朝の光に抗し切れず、みるみるその肉体をぼろぼろに崩壊させて、ついに一塊の灰塵と化して風に散ってしまうシーンであった。

さて、お化けの話を締めくくるために、ここで最後に一つの設問をする。はたしてお化けは酒をのむだろうか、という設問である。あらかじめ答えをいっておけば、もちろん、お化けも酒をのむのである。

中国清代の怪談集である「聊斎志異《りようさいしい》」のなかに、ある男がお化けと昵懇《じつこん》になる話がある。ある夏の夜、お化けはいきなり男の家をたずねてくる。男がお化けを座敷に招じ入れて、酒に燗をしに行こうとすると、お化けがいうには、

「今晩は暑いから、冷やでかまわないよ」

このエピソードは落語のようにおもしろく、私も大いに気に入っているのだが、八年前に亡くなった吉田健一さんがやはり大好きだったということを申し添えておこう。そういえば、い

かにも酒好きで奇譚好きの吉田さんが好きそうな話ではないだろうか。

今年の夏もべらぼうに暑い。もし私のところにもお化けがたずねてきたら、私は躊躇せずに冷や酒でお化けを歓待してやろうと思っている。いや、まず最初は缶ビールにするかな。

人形師と飲む酒

すっかり北鎌倉に腰を落着けてしまって、東京へ出てゆくのも一月に二回か三回である。東京へ出れば、どこかで食事をして、和食ならば日本酒を飲むし、フランス料理ならばワインを飲むし、中華料理ならば老酒を飲むが、おなかがいっぱいになると眠くなってしまって、もうバーなんぞへ足をはこぶのは億劫になってしまう。

そういう日常だから、酒友などといわれても、「はて、そんな人物がいたかな?」と考えこんでしまうほどだ。

たまたま今日はめずらしく銀座で映画の試写を見て、それから近所の画廊で四谷シモンの人形展を見た。試写会場でいっしょになったフランス映画社の川喜多和子さんや文化人類学者の山口昌男さんとともに、せまい画廊にどやどやと押しかけて、昼間からシャンパンやワインをぽんぽんあけて、楽しい雑談に時をすごした。

四谷シモンと知り合ったのは六〇年代の半ば、まだ彼が人形をつくっていないころで、最初は画家の金子國義が私の家へつれてきたのだった。二十歳そこそこの若さだった。状況劇場に女形として出演したのは、それから後のことである。

若いシモンはよく肌もあらわに女装して踊りまくり、めちゃめちゃに酒をあおって、ぶっ倒れて寝てしまうようなこともあったが、さすがに近ごろでは、人形学校エコール・ド・シモンの校長先生だけあって、それほど無茶はやらなくなった。パリの雑誌にグラビヤで大々的に紹介されるようになったのだから、いまや人形師として世界の一流である。

どういうわけか顔がひろくて、ふしぎな交友関係があるらしく、最近では女優の江波杏子さんをつれて拙宅へあそびにきてくれたこともある。

ひげなんか生やして、相変らずのダンディーぶりであるが、去年の五月に久しぶりに舞台に立ったときには、そのひげをすっぱり剃り落していた。歌右衛門は老い、玉三郎の芸は荒れたが、女形シモンはいまだに健在である。

私のハーゲンベック体験——「国立ドイツ動物大サーカス」日本公演パンフレット

ハーゲンベック動物サーカスが来日したのは昭和八年の春だから、私はそのときやっと五歳だった。まだ小学校にも入学していないころである、しかし五歳といえば、もう記憶はかなりはっきりしていて、同じ昭和八年にヨーヨーがはやったり、東京音頭の盆踊りが旋風のように荒れ狂ったりしたことも、私はちゃんとおぼえている。もちろんハーゲンベックを見たことも、五歳の私にとっては文字通りの大事件であった。

私は父につれられて、特設の芝浦の会場へ行った。父には舶来趣味があってむかしの旧制高校出身者らしく、ときどきドイツ語を口走ったりすることがあったから、得意になって幼い息子をつれて行ったのではないかと今にして思う。

なんといっても五歳の記憶だから、会場の様子もそんなにくわしくはおぼえていない。私の頭にいちばんはっきりしたイメージとして残っているのは、演目がすすんで、いよいよ猛獣が出てくるというとき、サーカス団のドイツ人の青年たちが、それぞれ両手で重そうな鉄の柵をかかえて、次々にリングにあらわれて、おそろしく手ぎわよく、その鉄の柵をリングの周囲にぐるりと張りめぐらしてしまったことである。

「もし万一、猛獣が観客席にとびこんできたりしたら大へんだから、安全のために、ああして柵をめぐらしておくんだよ」と父が私に説明してくれた。それを聞いただけで、もう私は胸がどきどきするほどのスリルをおぼえたものであった。

しかしその反面、私はリングに手ぎわよく張りめぐらされた鉄の柵を見て、なるほど、やっぱり本場のサーカスというのは違ったものだな、とつくづく感じた。いわばヨーロッパの合理主義、一糸みだれぬ機能主義のようなものにふれて、子どもも心に目を見はるような思いを味わされたのである。

かように私の五歳当時のハーゲンベック体験は、私の最初のヨーロッパ体験といえばいえないこともないような、複雑なものを私の心にあたえた。この私のささやかな体験から考えても、子どもにサーカスを見せることは、いかに大事なことかということが分る。

一つ一つの演目については、すでに私の記憶もおぼろげであるが、それでも美しい縞目の虎が何匹も、しなやかに身をくねらせながら、スポットライトに照らされてリングに登場してきたときの、息をのむような興奮は忘れられない。何度も尻ごみする虎が、ようやく最後に意を決したように、ぱっと身をおどらせて火の輪をくぐり抜けるときのスリル。この一瞬のイメージは五十年間、私のまぶたの裏に焼きついている。

『装幀＝菊地信義』

菊地信義さんに装幀してもらった私の本は、『澁澤龍彦コレクション』のほかにも、たとえば『マルジナリア』（福武書店）や『華やかな食物誌』（大和書房）がある。また河出文庫から出ている十冊の本も、それぞれカバーデザインは菊地さんのお世話になっている。いろいろな傾向の本を、その内容にふさわしく、がらりと調子を変えてデザインするところは、菊地さんの独壇場であろう。

装幀家にもいろいろなタイプがあって、自分のスタイルを頑固に守り、どんな著者のどんな内容の書物にも、まったく同じパターンのデザインを押し通してはばからないものがあるが、菊地さんはそういうタイプの装幀家ではないようだ。変幻自在である。一目見て、「あ、これは菊地信義のデザインだな」と分からないようなものもある。しかしよく見れば、決して分からないことはない。どこといって指摘することはできないが、まぎれもない菊地調がある。

私のエッセイ集『マルジナリア』は、菊地さんの傑作の一つではないかと思っている。箱はつやつやした白地の上に、金が散らしてある。白だから品がよくて、しかも金の効果で琳派のように豪華な感じがする。表紙はざらざらした布地のノートブックみたいなやつで、四隅の面を取ってある。この箱と表紙の対照がおもしろい。マルジナリアは「余白」という意味だから、ノートブックみたいな本のかたちは、まことに内容によくマッチしているといえる。とても素人には考えられないスペシアリストの超絶技巧というべき作だろう。

『澁澤龍彥コレクション』の装幀も、著者として大いに気に入っている。しかし本そのものについて述べる前に、この全三巻のアンソロジーの計画がいかにして成立したかということを書いておきたい。

この企画を最初に立案したのは河出書房新社の編集者でもあり詩人でもある平出隆さんであるが、まだ私のあたまの中でイメージがはっきり煮つまっていないころ、菊地さんは平出さんといっしょに拙宅へやってきた。そして三人で酒を酌みかわしながら、やがて誕生すべきコレクションについて語り合った。いわば企画の段階から、すでに菊地さんはその渦中に飛びこんで、私たちとともに本造りの構想を練ってくれたというわけである。一般に装幀の仕事は、著者の原稿がすべて印刷屋に入った段階、つまり本造りの最終的な段階で行なわれるもののようだが、このコレクションの場合はそうではなく、最初から装幀家が企画に参加していたのだった。

私の考えでは、第一巻『夢のかたち』、第二巻『オブジェを求めて』、第三巻『天使から怪物まで』という全三巻によって成立する私のコレクションは、本質的にデザイン的な要素をふくんでいる仕事であった。古今東西の作家たちの短い断章をあつめ、これを読者に効率よく提供するためには、まず何よりも視覚的な要素、デザインとレイアウトが重要な役割を演ずる。それはあたかも博物館や画廊における展示の方法が大事なのと同様であろう。あるいは標本や図鑑に似ているといってもよいであろう。したがって、この仕事には、どうしても最初から菊地さんに参加してもらう必要があった。平出さんも同意見で、そこで菊地さんを拙宅へ引っぱってきたというわけだった。

いま、できあがったコレクションをつくづく眺めてみると、第一巻も第二巻も、表紙カバーは白地に光ったパールインクの銀一色で、きわめて抽象的な感じがする。それに見返しの黒がきいている。目次から本文の組みまで、見出しから柱まで、すべてに菊地さんの細かな配慮がゆきとどいていて、間然するところがない。前にも書いたように、私はその成果が大いに気に入っているのだ。

私は自分で自分の本の装幀をしたことも何度かあり、オブジェとしての本ということについては、つねづね大きな関心をもっている人間だから、菊地信義のような、著者の意向をよく汲み、その内容にもっともふさわしい形式を編み出すことを心がけている装幀家の出現に、拍手せざるをえないのである。『澁澤龍彥コレクション』全三巻によって、私は菊地信義の装幀家としての力量をしたたか味わわされた次第であった。

来迎会を見る

風もない炎暑の庭で、濃艶なサルスベリの花がゆらゆら揺れている。今年は植木屋が来てくれなかったために、枝がのび放題にずんずんのびて屋根よりも高くなり、その枝のてっぺんに、例年になく多くの花がふさふさとむらがり咲いた。

サルスベリの紅色の花は、くっきりと明るくて、私には何となくインド的な感じがする。日本に輸入されたのは江戸時代というから、むろん古代中世の日本にはなかったはずなのに、どういうものか往古の奈良あたりの仏教寺院の庭に咲いていたとしても少しもおかしくはないような気がする。

暑くて寝苦しい夜をすごし、昼近くになって起き出すと、私はまず二階の寝室の鎧戸をあけて、寝ぼけまなこに沁みわたるような、あざやかな紅色のサルスベリの花を眺める。その日は九品仏の来迎会《らいごうえ》を見に行くつもりだったから、もしかしたら、この花が常にもまして仏教的に見えたのかもしれない。

オリンピックは四年ごとに行われるが、九品仏《くほんぶつ》浄真寺の二十五菩薩来迎会は満三年ごとに奉修される。今年はたまたま両方が重なったわけで、ロスのオリンピックが終ってから三日目、すなわち八月十六日の昼すぎ、私は誘われて友人とともに横須賀線に乗りこんだ。こんなかんかん照りの日ざかりに外出することは、私としてはめずらしいことだ。

じつは前から一度、私は来迎会というものを見たかったのである。先年、「ねむり姫」という短篇小説を書いたとき、私は作中に来迎会の場面を挿入した。それには仔細があるので、話のとっかかりとして、まずそのことを次に述べておこう。

「古今著聞集」の巻第十二に、後鳥羽院のおんとき、伊与の国をふてらの島というところに、天竺の冠者というものあり、山の上に家をつくって住み、「かしこに又ほこらをかまへて、其内に母が死たるを、腹のうちの物をとりすてて、ほしかためて、うへをうるしにて塗て、いはひおきたりけり」とある。つまり死んだ母の屍体から内臓を取りのぞき、屍体を乾し固めて、上に漆を塗ってミイラとなし、これを祠にまつって島民に礼拝させたというわけだ。

私は天竺の冠者を短篇に登場させたが、このマザー・コンプレックスとジェロントフィリー

（老人愛）の権化のようなグロテスクな行動がおもしろくなかったので、礼拝の対象を母でなく、天竺の冠者の腹ちがいの若い娘に代えたのである。生きながら昏睡状態におちいって、死んだように眠りつづけている若い娘を往生人に見立てて、いんちき宗教の教祖たる天竺の冠者が、来迎会のセレモニーを主宰するという筋に代えたのである。

来迎会というのは、中世の庶民の安楽死願望の端的な表現であろう。医療制度が進歩して、死ぬにもなかなか死ねなくなった現在、私はこういうものに興味をもつ。

横浜から東横線で自由が丘へ行き、そこから大井町線に乗りかえて九品仏で降りた。こんな時間にこんな電車に乗ることはめったにないが、おどろいたことに、九品仏の駅のホームに降りてみると、ひとがあふれるばかりで、それがみんな来迎会を見に行く参詣客らしいのである。

浄真寺は駅からすぐのところにあって、思ったよりはるかに大きな寺だった。参道の両側にずらりと屋台店が出て、何のことはない、昔ながらのお祭の雰囲気である。カメラをもった外人がうろうろしているが、これは近ごろ、どこの寺社のお祭や法会でもやたら目につく光景だ。

本堂から上品堂へ長い橋が懸けわたされていて、その橋の両側に、来観のひとびとが三々五々あつまって、お勤めのはじまるのを待っている。見ると子どもづれや家族づれも多い。すでに午前十一時と午後二時の二回のお勤めがすんで、今度は午後五時半の最後のお勤めである。

私は暑くてやりきれないだろうと思ったから、日ざかりを避けて、夕刻の五時半のお勤めを見るべく家を出たのだった。夏のこととて、五時半といってもまだ明るく昼間のようなものである。

二十五人の菩薩に扮する信者は一般から公募するらしく、ほとんどすべておじいさんやおばあさんばかりだった。お面をかぶると何にも見えず、足もとがあぶないので、家族のものに付き添われて橋をわたる。

本堂が穢土で、上品堂が西方浄土である。行道する二十五人は、まず素顔のままで本堂から上品堂へわたり、そこでお面を顔につけて、笙篳篥《しょうひちりき》や御詠歌の伴奏とともに浄土から穢土へと御来迎になり、往生人とともにふたたび浄土へもどってゆく。最後にお面をぬいで、また穢土へ帰る。都合三回の行道で、これを来迎、往生、還来《げんらい》と称する。

小さなおばあさんが大きなお面をつけるから、ひどく頭でっかちになってユーモラスに見える。それぞれ手に蓮台だの楽器だのを持って、橋の上をそろそろ歩く。先頭が観音、その次が勢至《せいし》、いちばんうしろが地蔵で、これは昔から定まった聖衆の行列の順序だ。

金と青のけばけばしいお面が夏の陽に照り映えて、異様な感じをあたえる。おもしろいのは、付き添いの家族のものが小さな団扇をばたばたやって、ひっきりなしに菩薩の扮装をした老人たちを煽いでやっていることだった。たしかに長い衣裳をまとい、両手に手袋まではめているのだから、さぞや暑いことであろうと察せられた。

最後に坊さんが橋の途中で蓮華をまき、貫主が来観のひとびとに十念を授けて、この日の来迎会はめでたく終った。

終ってから靴をぬいで本堂にあがってみると、開山珂碩《かせき》上人が彫ったという、大きな本尊の釈迦牟尼如来の印をむすんだ手の指に、ふとい五色の紐がむすびつけてあるのが見えた。この紐は本堂から上品堂まで、橋の上にぴんと張りわたしてあるのである。

この紐を見て、私は藤原道長が法成寺の阿弥陀堂で息をひきとるとき、弥陀如来にひいてもらうべき糸を、その手にしっかり握っていたという「栄華物語」のよく知られた記述を思い出さないわけにはいかなかった。

弥陀来迎の実演といい、この紐といい、古代人は形而上の世界のことを、目に見える具体物によって表象しなければ安心できなかったのではないかと想像される。また逆にいえば、具体物によって表象されているからこそ、形而上の世界を安んじて信じることができたのであろう。私たちには望むべくもないが、藤原道長のような心境になるのもわるくはあるまい。そんなことを私は思った。

水と火の行法——『東大寺お水取り』

いまから七年前、京都からレンタカーで琵琶湖の岸を北上し、安曇《あど》川沿いに朽木《くつき》を通って若狭の小浜へ抜けたとき、私は、小浜の町からやや東に寄ったところにある若狭神宮寺をたずね、さらにそこから遠敷《おにゅう》川の上流を一・五キロばかりさかのぼって、お水送りの神事で知られる白石の鵜ノ瀬《うせ》へ行ってみたことがあった。私が東大寺の修二会に特別の興味をもち出した、これがそもそもの発端である。それまで、私は勝手に頭のなかに思い描いていた俗っぽいイメージにわざわいされて、お水取りなるものに特別の注意を向けたことが絶えてなかったのである。

季節は四月だったが、川に沿って車を走らせると、谷はいよいよ狭く深くなり、山の斜面には、川面に覆いかぶさるように黄色い山吹が群をなして咲いているのが印象的だった。若狭にはとりわけ山吹が多いような気がした。鵜ノ瀬というのは、ただ道のほとりに鳥居が一つ建っているだけの、拍子抜けするほど何にもない場所で、谷川の急流はそこで淵になって岩かげに青くよどんでいた。もう夕暮に近く、私たちのほかにはだれもいない。ここから地下をくぐって、はるかに奈良の二月堂の前の若狭井《わかさい》まで、隠れた水脈が通っているのかと思うと、この何の奇もない谷川の淵が、にわかに私には神秘的にさえ見えてきたものである。

私は昭和四十六年、まだパーレヴィ皇帝時代のイランを訪れて、テヘラン、イスパハン、シラーズなどの町々をまわった時のことを思い出さないわけにはいかなかった。カナートを見たわけではないが、車でイラン高原を突っぱしるうち、山間の盆地で川や泉やグロッタ（洞窟）には何度もお目にかかったからである。イランではないが、バビロンの遺跡に行った時には、ミトラス教の密儀が最初に原形を整えた場所であるという、エウフラテス河上流の景観も眺めてきた。

世界のいたるところで、水の滾々《こんこん》と湧き出る大地の割れ目は、つねに一つの聖所として尊崇されてきたようだ。ケルト人のあいだでは、聖なるものを意味するディーヴァ、デーヴァ、デヴォーナが、そのまま河川の呼称として用いられていたという。デメテール、ディオニュソス、ミトラス、キュベレー、それにアッティスの洞窟は、そこで密儀の行われる一種の神殿だった。ギリシア・ローマ世界でも、その内部に湧き出る泉のある自然のグロッタは、ニンフの住み処とされ、ニンフェウムとかスペラエウム（洞窟の意）とか呼ばれて尊崇されていたらしい。地下の世界とこの世の接点である洞窟は、かように水の信仰とむすびついて、いたるところで神聖視されていたのである。

ガストン・バシュラールの本などを気ままに読んでいると、しばしばその文章が引用されているのに気がつくひとに、『ニンフの洞窟について』という著書のある三世紀の新プラトン主義哲学者ポルフュリオスがある。そのポルフュリオスの次のような文章を読んだ時にも、私の想像力は微妙な反応を呈したものだった。すなわち、「ミトラス神を記念して、初めてゾロアスターは泉の水のあふれる、花や葉に覆われた自然の洞窟を聖所としたのだった。この洞窟は、ミトラス神の創った世界のかたちをあらわしていた」と。

ジャン・シュヴァリエとアラン・ジェルブラントの『シンボル事典』に出ていた文章だが、こういう奥行のふかい文章を読まされると、私たちの想像力はいよいよ大きくふくれあがって、日本からペルシア、ペルシアから日本までを環流しはじめるのに気がつくであろう。

私はただちに、若いころ愛読したことのあるジャン・プシルスキーの名著『大女神』を思い出さないわけにはいかなかった。そこには、水神アナーヒードが古くはアナーヒターであり、アナーヒターはギリシア人のアナイティス、あるいはリディアのアルテミスと同じ大地母神だということが明確に述べられていたのである。こうなると、このアナーヒターは、イランの女神であるにもかかわらず、もう日本の観音の姉妹みたいな女神だといってもよいほどの近しい存在に見えてくるだろう。

かつて西郷信綱氏は『古代人と夢』のなかで、「観音の前身がインド教を媒介として、中近東からギリシアにかけての地母神の系譜につながるとする仮説には、したたかな手ごたえがあるように感じられる」と書いたが、私もまた、この説にはスリリングなものを感じる。アナーヒター女神はクシャーン王朝の時期にガンダーラ地方に受容されて、仏教に習合され、女性から男性となって、ますます観音に近づいたことでもあろう。

私は鵜ノ瀬の谷川のほとりに立って、巨岩の下の青い淵を見つめながら、一瞬、ここが単に奈良の若狭井に通じているのみならず、また中近東からギリシアにまで通じているかのような、ひろびろとしたパースペクティヴのある幻想にとらわれたものであった。水の面に黄色い山吹の花びらがたくさん散り浮いているのも、この私の女神と洞窟に関する幻想を掻き立てるのに大いに役立っていたようであった。

周知のように修二会の行法は水にも関係があるが、また明らかに火にも関係があって、この二つのエレメントの共存しているところが何よりの特徴といえるであろう。火が煩悩のけがれを焼きはらうとすれば、水は煩悩の垢を洗い清める。要するに二つのエレメントが相俟って、浄化の相乗作用をおこすというのでもあろうか。

かように密儀のなかに火の要素を採り入れている宗教には、たとえばイランのミトラス教があり、エジプトのセラピス崇拝があり、またエレウシスのデメテール崇拝がある。「すべては火から成り立ち、また火の中にふたたび消えてゆく」と説いた哲人ヘラクレイトスも、イランの宗教から影響を受けたのではないかといわれている。イスラエルには子どもを火の中にくぐらせる習俗があるが、これはイニシエーションとしての火であろう。キリスト教の聖ヨハネ祭は、もとは異教的な夏至の祭礼で、フレーザーによって報告されているように、若い男女が集まって火を燃やしたり川で水浴びをしたりする、これもまた二つのエレメントの共存する農耕儀礼ということができよう。

その点では修二会も似たようなもので、新しい春を迎えるに際し、一切衆生にかわって、本尊たる十一面観音の前に旧年の罪障を懺悔して、新年の豊穣を祈願するというのがそもそもの目的であろうから、古い農耕儀礼としての要素もそこに色濃く反映していると見なければならぬ。そして、そういう見地に立って眺めるならば、修二会の行法に関与する火と水は、浄化の作用をはたすとともに、また産み出す力をあらわすものとも見なければならぬであろう。

どうやら火と水は、浄化という作用において、また産み出す力のはたらきにおいて、たがいに循環的なもののようにも見える。インドのブラーフマナ文献では、火はしばしば水の息子と見なされる。太初に水があって、その水が苦行をして熱力を発するというわけだ。水は太初の物質を象徴しており、水から生ずるすべての形は、このエレメントにふたたび還帰する。水は形になる以前のもの、萌芽として存在するものの一切をふくんでおり、したがって水は再生をもたらすのだ。ただ、この太初の萌芽的な水、再生をもたらすものとしての水も、活気を得るためには別のエレメントを受け容れなければならない。それが火である。火の協力を得て初めて、水は「生命の水」になる。ブラーフマナ文献における「苦行をして熱力を発する」とは、そういう意味であろう。

イランの水神アルドウィー・スーラー・アナーヒター（「豊饒・強健・無垢なる女神」と解される）は、また月の女神でもあるが、エリアーデの『宗教学概論』によると次のようにも呼ばれていたようだ。すなわち、「家畜の群と財産と富と土地を殖やしたまう聖なる女神、すべての男性の精液とすべての女性の子宮を清めたまい、女性に必要な乳をあたえたまう聖なる女神」と。これはゾロアスター教の聖典『アヴェスター』中の祭儀に関する部「ヤスナ」に出てくる言葉だそうだ。水が浄化し再生させる作用を有するということを、女神の性格に仮託して、これほど見事に表現した言葉はあるまい。

アンケート

海外ミステリー愛読書ベスト10

1『木曜日の男』G・K・チェスタトン
2『火刑法廷』ディクスン・カー
3『毒』ドロシー・セイヤーズ
4『ハムレット復讐せよ』マイケル・イネス
5『消えた玩具屋』エドマンド・クリスピン
6『約束』フリードリヒ・デュレンマット
7『ミス・ブランディッシの蘭』ハドリー・チェイス
8『毒蛇』レックス・スタウト
9『時の娘』ジョセフィン・テイ
10『死体置場は花ざかり』カーター・ブラウン

その理由、推理小説はペダンティックでなければならない、というのが私の持論であります。それに恐怖、怪奇、パラドックス、ユーモアがふくまれていれば申し分ありません。描写はあくまで冷たく、きざったらしいまでにダンディーである必要があります。

海外ミステリー映画ベスト1

『第三の男』

その理由　理由なんか書かなくても、だれだって分かるじゃありませんか。野暮はいいっこなしよ。

フランスを知るためのブックガイド・文学

①ヴォルテール『カンディード』吉村正一郎訳（岩波文庫）
②フロベール『ブヴァールとペキュシェ』鈴木健郎訳（岩波文庫）
③メリメ『イールのヴィーナス』杉捷夫訳（河出書房新社「メリメ全集」第二巻）
④アポリネール『虐殺された詩人』窪田般彌訳（白水社）
⑤澁澤龍彥編訳『佛蘭西短篇飜譯集成』Ⅰ、Ⅱ（立風書房）
①は十八世紀、②と③は十九世紀、④は二十世紀、⑤は十八世紀から二十世紀までをふくむ。諷刺小説あり怪談あり幻想譚ありで、ちょっと変った選択ながら、おもしろいことは選者が保

証します。

澁澤龍彦が選ぶ私の大好きな10篇

1 サド『悪徳の栄え』
2 メリメ『イールのヴィーナス』
3 フローベール『聖アントワヌの誘惑』
4 リラダン『未来のイヴ』
5 シュオッブ『架空の伝記』
6 ロラン『仮面物語』
7 ジャリ『超男性』
8 ルーセル『ロクス・ソルス』
9 アポリネール『月の王』
10 マンディアルグ『大理石』

人間の好みも徐々に変ってくるし、そのときの気分によって選択の基準も変ってくるから、かならずしも私がつねにこの十篇を選ぶかどうかは分らないが、とにかく私の大好きな十篇を選んでみた。以下に個々の作品についてふれる。

サド『悪徳の栄え』——いまさら説明するまでもないだろう。かつて私は二巻に分けて翻訳（現代思潮社）したとき、下巻に「ジュリエットの遍歴」という副題をつけたものだが、『悪徳の栄え』は一種の遍歴小説として読むことも可能だということを付言しておこう。ジュリエットのイタリア旅行は幻想にみちみちている。

メリメ『イールのヴィーナス』——恐怖小説のお手本のような見事な構成のもので、導入部の悠々たる考古学談義は、後段の怪異をひときわ効果的ならしめている。ペダントリーとは、こうでなければならないとつくづく思わせるような作品（河出書房新社版全集）だ。きみも怪異譚の玄人をめざすのだったら、こういう小説を味わうことを学ばねばならぬ。

フローベール『聖アントワヌの誘惑』——ギリシア・ラテンの怪物や異教の神々のオンパレードである。怪物好きには必見の書（筑摩書房版全集）。

リラダン『未来のイヴ』——御存じアンドロイド物の先駆ともいうべき作品（東京創元社版全集）で、作者の人形哲学も読みどころの一つである。

シュオッブ『架空の伝記』——ボルヘスの『汚辱の世界史』は、これに影響されて書かれたといわれている。珠玉の二十二篇のなかには、私の大好きなエンペドクレスやウッチェロの伝記もある。私も暇になったら、ぜひ翻訳してみたい作品（南柯書局）の一つだ。

ロラン『仮面物語』——かつて私は『仮面物語』のなかの一篇「仮面の孔」を翻訳（創元推理文庫）したことがある。近ごろ急激に株があがっているジャン・ロランのいちばん完成された作品集（国書刊行会）であろう。典型的な世紀末デカダン文学でもある。

ジャリ『超男性』——これも私の翻訳（白水社）がある。汽車と競走する自転車乗りのエピソードなどがあって、いかにも二十世紀初頭の機械崇拝を思わせるが、じつは不毛な性愛の比喩として読むほうが正しいかもしれない。

ルーセル『ロクス・ソルス』——ミシェル・フーコーのルーセル論（法政大学出版局）は翻訳が出ているのに、肝心の作品そのものはまだ紹介されていない。ふしぎな物体や装置のある幻想庭園の主人が、客を案内する物語である。澁澤龍彥コレクション『オブジェを求めて』のなかに、ごく短い一節を紹介しておいた。

アポリネール『月の王』——主人公はバヴァリア王ルドヴィヒ二世が隠棲している洞窟にまぎれこむ。オナニー機械が出てくる。短篇集『虐殺された詩人』（白水社）のなかの一篇。ミシェル・カルージュは評論『独身者の機械』のなかに、このアポリネール作品のほか、ルーセル『ロクス・ソルス』、ジャリ『超男性』、リラダン『未来のイヴ』などを論じた。

マンディアルグ『大理石』——これも私の翻訳（人文書院）があるから、ぜひ読んでほしい。

イタリアの南部プーリア地方を自動車で放浪する男の物語であるが、おかしな博物館だの、湖中の島にそそり立つガラスのプラトン立体だの、山中の円形都市だのが出てきて、オブジェ好きの読者には、ぞくぞくするほどおもしろい小説である。マンディアルグ作品はずいぶん多く訳されているが、この『大理石』にまさる秀作はないだろう。

死刑問題アンケート

〔問1〕現在、死刑制度について否定的なお考えをお持ちですか、肯定的なお考えをお持ちですか。そうお考えになる根拠とともにお答え下さい。

〔問2〕今後、死刑がなくなるとすれば、どういう状況にならないとダメだとお考えですか。あるいは、そのためにはどの様な方法が必要だとお考えですか。

〔1〕死刑制度には反対です。その理由は、私たちのげんに生きている民主主義社会、制度においても習俗においても完全に聖性を失っている社会では、聖性への可能性においてのみ存在理由を示す死刑を存続させるべき根拠はない、と考えるからです。

〔2〕全地球上から死刑が一掃されるような時代を想像することはきわめて困難です。逆説

的のようですが、安楽死がなかなか公認されないのも、同じ理由によると思います。

初音がつづる鎌倉の四季

北鎌倉の円覚寺につづく山の中腹に住んでいるので、四季を分かず、鳥の声や虫の声を耳にする。若いうちは、そんなものに注意をはらう余裕とてなかったが、だんだん齢《よわい》をかさねてくるとともに、しみじみした思いで耳をかたむけることが多くなった。

私は手帳に、ウグイスやトラツグミやホトトギスや、あるいはヒグラシやミンミンゼミの声を初めて聞いた日を、忘れずに書きとめておくことにしている。しかしこれもいいかげんで、ついメモするのを忘れてしまうことも多いから、手帳を見ても当てにならない。第一、私はバードウォッチングなどにはまるで縁のない人間で、鳥の声を聞いても、何の鳥かさっぱり分らないのが大部分だから、メモするといっても、たまたま自分の知っている鳴き声に気がついたときだけのことである。要するに気まぐれなメモなのだ。

鳥ではないが、鎌倉近辺の山にはリスが非常に多く、一年じゅう、へんな声でよく鳴いている。リスが鳴くというと、知らないひとはびっくりするが、あの小さなからだでガッガッガッと大きな声を出すのだから、私も最初は目を疑ったものだ。このごろではそれにも慣れてしまった。

ウグイスはだいたい三月十日ごろに初めて鳴き出し、夏までさかんに鳴きつづける。夏に聞くウグイスの声は、一抹の涼感をあたえて、じつにいいものだ。

フクロウには二種類あって、一つは寒い冬にホホー、ホッホーと鳴くやつ、もう一つは青葉の候にホーホー、ホーホーと鳴くやつである。おそらく専門家が聞けばすぐ分るのだろうが、残念ながら私には何というフクロウなのか、鳴き声を聞いてもその種類を特定することができない。

トラツグミは三月八日ごろ鳴き出し、四月から五月にかけて、しきりに鳴く。きまって明けがた近く、雌雄がヒョー、ヒーとたがいに鳴き交わす。物さびしい笛のような声で、これがかつて平安時代にヌエという名で呼ばれて、怪鳥のごとく信じられていたらしいのも、なるほどという気がしてくる。なんだかこちらの気がめいってくるような、じつにさびしい声で鳴くのである。

ホトトギスは五月の中旬から鳴き出す。これも主として明けがたに鳴くが、どうかすると雨もよいの日なんか、朝からケケ、ケキョ、ケケ、ケキョとしきりに鳴くことがある。遠くへ飛んで行ったかと思うと、また近づいてきたりして、いつまでも鳴いているのを聞いているのは楽しい。

晴れわたった五月、陽の光が青葉若葉に映えるころ、三光鳥がかわいらしい声で、ツキ、ヒ、ホシ、ホイホイホイとさえずる。月と日と星だから三光鳥というわけだ。私がこの鳥の鳴き声をおぼえたのはごく最近で、そう思って聞いていると、毎年かならず来て鳴いていることが分った。特徴的な声なので、一度おぼえてしまうと、いやでも耳につく。

シジュウカラのつれ渡りというが、かならず雌雄の二匹がつれ立って、ツツピー、ツツピーと鳴きながら、わが家の庭のモチの樹の枝から枝へと飛び移っているのを見るのも、おもしろいものである。これも好きな鳥だ。

虫の鳴き声といえば、やはりセミであろう。セミの中でいちばん早く鳴き出すのは、すでに五月ごろジワジワジワと鳴くハルゼミだが、ハルゼミやニイニイゼミにつづいて、六月の終りからヒグラシが鳴き出す。よく世間には、ヒグラシを夏の終りに鳴くセミだと思いこんでいるひとがいるが、それは間違いである。ヒグラシは、アブラゼミやミンミンゼミやツクツクボウシよりもずっと早くから鳴き出す。

それともう一つ、ヒグラシはかならずしも夕方ばかりでなく、むしろ明けがたに多く鳴くということが意外に知られていない。おそらくヒグラシの発声器官は、明るさと暗さの中間、薄明の光のみちわたる刻限に、微妙に刺激を受けるのではないだろうか。一匹が鳴き出すと、方々の山から相呼応するように鳴き声がおこって、やがて波のうねりのように一大合唱が形づくられるところは壮観といっていいだろう。

深夜の仕事を終えて、さあ寝ようかと風呂にはいったりしていると、窓の外が次第にしらみはじめ、それとともにヒグラシの声が徐々に高まってくる。そんなとき、ふとノスタルジックな思いにとらわれたりするのはやむをえまい。私は浴槽の中で、しばし来しかた行く末を考えたりする。

先陣をつとめるヒグラシのあとから、やかましいアブラゼミが鳴き出す。さらにミンミンゼミが七月の終りから、ツクツクボウシが八月の初めから加わって、三者四者入りみだれての夏の大合唱がはじまる。

このセミの大合唱の中で、いちばん最後まで残るのはツクツクボウシである。八月の中旬ないし下旬にミンミンゼミが脱落しても、まだ頑強に抵抗するかのごとく、すでに秋めいてきた陽ざしの下で弱々しく鳴きつづけているのがツクツクボウシだ。

そうそう、忘れていた。セミの中ではあんまり目立たないが、毎年一度はかならず耳にするクマゼミがあったっけ。毎年きまって八月十五日ごろ、シャーシャーシャーシャーと高い声で鳴く。関東では少ない。

いつだったか、夏のさかりに京都ホテルに泊って、ホテルの前の並木道をあるいていたら、そのプラタナスの並木でクマゼミがいっせいにシャーシャーシャーと鳴いているのにぶつかって、ははあ、やはり関西はちがうものだな、と感じ入ったことがある。

忘れていた鳥がもう一つあった。コジュケイである。春になると、鎌倉のあちこちの山々で、チョットコイ、チョットコイと金切り声をあげる。敗戦直後のまだ開発のすすんでいないころには、とくにそれが目立ったものだ。つい数年前には、わが家の庭に、親子が一列に並んで、ぞろぞろあるいているすがたをよく見かけたものである。しかし最近では、このコジュケイもめっきり少なくなったような気がする。やはり目に見えないかたちで、開発がすすんでいる証拠なのかもしれない。

今年もすでにウグイスの声を聞いた。手帳を見ると、三月十六日の項に「うぐいす初めて鳴く」と書いてある。しかしまだトラツグミの声を聞かない。例年よりもずいぶん遅いようである。

書斎のガラス戸をあけると、正面になだらかな稜線を描いてつらなる、東慶寺や浄智寺の裏山が見える。季節の移りかわりがはっきりと感じられるのは、この山の色がたえず変化しているのを目にするときだ。いまは樹々の緑のあいだに、薄紅色をした桜の蕾のふくらんでいるのが分る。もう数日もすれば咲き出すにちがいない。

雪が降れば降ったで、桜が咲けば咲いたで、また新緑が陽に映えれば映えたで、山の色にはそれぞれに味わい深いものがある。私はそれを毎日、書斎から眺めて暮らしている。私の住んでいる土地はかつて北条氏の邸のあったところだが、ここから見えるあの山のかたち、あの山の色は、おそらく鎌倉時代から少しも変っていないのではないかと思うと、なんとなく愉快になる。

鰻町アングイラーラ

うなぎといえば、すぐ思い出すのがイタリアのアングイラーラの町である。ローマの北方約三十五キロにブラッチャーノ湖という湖水があり、ちょうど日本の山中湖とか河口湖とかのように、夏なんか湖水のまわりでキャンプをしたり泳いだりする若者がどっと押しかけるが、アングイラーラの町はそのブラッチャーノ湖に面している。

アングイラとはイタリア語でうなぎのことであるから、この町アングイラーラはさしずめ鰻町であろう。おかしな名前の町があればあるものだが、日本にだって鮎川だとか鯛ノ浦だとかいった魚の地名があることを思えば、それほど奇異でもあるまい。

私がローマから車でアングイラーラの町を訪れたのは、もう今から十年ほど前の五月のことであった。途中の野原に黄金色のえにしだの花が群をなして咲いていたのをおぼえている。五月ごろ、車でイタリアの野原を突っぱしると、えにしだの黄金色が何よりも美しく目につくのである。

アングイラーラの町は、くずれかけた古い中世の城壁に取り囲まれている。町の入口の門をはいると、イタリアの町はどこでもそうだが、中央に噴水のある石だたみの広場がある。ところで、この噴水がまことに傑作で、アングイラーラの町にふさわしく、うなぎの装飾がついているのだ。青銅の彫刻だったと思うが、こんな噴水はついぞ見たことがない。さすがにローマのむかし以来、うなぎの産地として名高い町だけのことはあるなと、私はすっかり感心してしまった。

珍味を求めるのに熱心だったローマ人が、うなぎだの、穴子だの、ぼらだのといった魚類を、しばしば好んで食ったことはよく知られている。ここはローマにごく近いので、おそらく、アピキウスやウィテリウスのような美食家の貴族の注文がひっきりなしに来て、うなぎは都へ向けて大量に出荷されていたのではあるまいか。

私たちもむかしのローマの貴族になったような気分で、湖水の見える旗亭の二階に繰りこむと、さっそく名物のうなぎ料理を注文した。むろん、ここは日本ではないから、白焼だとか蒲焼だとかは望むべくもない。つらつらメニューを眺めると、よく分らぬながら、いずれも油で揚げたような料理ばかりである。どんなやつが出てくるだろうかと、いささか心配にもなってくる。

やがて出てきた皿の上のうなぎは、ふといやつをぶつ切りにして、オリーブ油で揚げた荒っぽいもので、見るからに油でぎらぎらしており、繊細で淡泊な私たち日本人の口には、どうもしつっこすぎて辟易するようなしろものだった。まあ何とか食ったことは食ったが、やっぱりうなぎは蒲焼にかぎると、イタリアのうなぎの町へきてつくづく思ったことだった。

うなぎの思い出といえば、私にはもう一つある。

ドイツ映画で『ブリキの太鼓』というのがあったのを御記憶の方もあろうが、あの映画のなかに、主人公の一家が海辺へあそびに行くシーンがあった。沖仲仕が海中から馬の首を引きあげると、その腐った馬の首の中から、うなぎが何匹もにょろにょろとはい出してくる。それを見て、主人公の母が思わず嘔吐する。じつに気持のわるい場面で、これを見たら当分うなぎは食えそうもないと、だれしも思うようなグロテスクさだった。

ところで、その気持のわるい映画のシーンを銀座の試写室で見てから、私たち数人は物好きにも、ただちに車にのって南千住まで突っぱしり、古くから知られた「尾花」といううなぎ屋で、でっかいうなぎをむしゃむしゃ食ったのである。これはとんだ武者修行だった。

II

『夜叉ケ池・天守物語』解説

大正期の鏡花戯曲の傑作たる「夜叉ケ池」や「天守物語」ばかりでなく、あまり出来のよくない「深沙大王」や「海神別荘」をもふくめて、おしなべて妖怪の出てくる鏡花の戯曲には、そのモティーフにおいても構成においても、きわめてよく似たところが見出されるように思われる。それはまず第一に、妖怪はかならず水に縁があるということ、そしてその水は、俗世間の人間一般に対しては、しばしば洪水のような破壊的な作用をおよぼすけれども、逆に選ばれた人間に対しては、彼らが人間性を捨て、妖怪とともに新たな生を生きるための、恩寵的なエレメントとしての役割をはたすということだ。「天守物語」の舞台には水はあらわれず、この戯曲はむしろ城の垂直構造によって際立っているように見えるが、それでも、天守夫人富姫がもと舌を噛んで自害した受難の人妻で、その怨みによって何年も洪水のつづいたことがあるという、いわばこの物語の前史と見られるエピソードを勘案するならば、死んで美しい妖怪となった彼女もまた、かならずしも水に縁がないわけではないということが理解されるだろう。

もともと鏡花の作品は、小説でも戯曲でもすべて、俗世間と選ばれた人間との対立を契機として動き出し、最後には選ばれた人間が妖怪（それは美女である場合が多い）の庇護によって救われるか、あるいは霊界に蘇生するといったパターンのものが多いので、人間世界と妖怪世界との対立を舞台の上にくっきりと示すために、水のエレメントの使用は必要だったのかもしれない。「天守物語」の垂直構造は、のちに再説するつもりだが、この水のエレメントを空のエレメントに代替することによって、いっそう劇的効果を高めたものといえよう。

まず「夜叉ケ池」について述べよう。この戯曲には、明らかに鏡花が登張竹風と共訳したハウプトマンの『沈鐘』の影響が認められ、作中に魑魅魍魎めいた、水のエレメントに棲む鯉だの蟹だの鯰だのの精が跳梁するが、それらの眷属《けんぞく》を宰領しているのは夜叉ケ池の主たる竜神の白雪姫である。もちろん、これらの眷属も白雪姫も化けものであり、妖怪である。妖怪である以上、どんな理不尽なことでも、どんな残酷なことでも、おのれの意志のままに魔力をもって平然と実行できるような存在でなければならないはずである。しかるに、彼女はそれをしない。なぜか。人間との約束があるためもあるが、それ以上に、ひとりの娘の真情に打たれているからだ。人間の娘である百合の子守唄を聞いて、白雪姫はそれまでの化けものらしい我がままを急にあきらめ、

「私が此の村を沈めたら、美しい人の生命《いのち》もあるまい。鐘を撞けば仇だけれども、（と石段を

静に下りつつ）この家の二人は、嫉《ねたま》しいが、羨《うらやま》しい。姥《うば》、おとなしゅうして、あやかろうな」

化けものと人間との対立は、ここにおいて倫理的な側面をあらわにする。隙あらば村中を洪水の底に沈めてやろうという、化けものの破壊的な意志に左右された、一触即発の危機をからくも守っているのは、人間のなかの選ばれた人間、白雪姫のいう「美しい人」の真情なのだ。この均衡がやぶれたとき、化けものの破壊的な意志は荒れ狂い、村も人も一挙に水のエレメントの氾濫に呑みこまれてしまうが、ただ倫理的な試練によく堪えた選ばれた人間だけは、破滅をまぬがれて化けものの世界に迎え入れられる。試練ということばを私は使ったが、それは人類学でいうイニシエーションという概念に近いものだと思っていただきたい。

そういえば鏡花の作品は、よく知られた「高野聖」や「草迷宮」のような小説にしても、前者においては若い旅僧が受ける山中での肉欲の試練、後者においては遍歴の青年が受ける化けもの屋敷での恐怖の試練という点から、このイニシエーションを動機としたものが多いということがいえるかもしれない。「夜叉ケ池」の場合は、それほどはっきりしたかたちで試練のモティーフがあらわれているわけではないけれども、元来、人間を徹底的に軽蔑しているはずの化けものが、人間の娘に「嫉しい」「羨しい」という感情をいだくほど、ひけめを感じているということに注意していただきたい。妖怪に羨望の念をいだかせるような人間こそ、真に選ばれた人間といいうるだろう。しかしまた、逆に考えれば、こうして選ばれた人間は、最後には恩寵的な水のエレメントに浴して、妖怪の仲間になってしまうという宿命をまぬがれがたい。「夜叉ケ池」の百合は、すでに人間でいるうちから、半ばは妖怪の世界に属している存在だとも考えられるだろう。(百合が人間ばなれした存在だということは、その背中に銀の鱗があるという、百姓与十の口から語られる村の噂によっても確認される。)

結局のところ白雪姫と百合とは、ただクロノロジックに前後しているだけの、相似形のような存在だということも、物語の最後にいたって明らかにされる。すなわち、いまは竜神となっている白雪姫にも、かつて人間であったころ、百合と同じように村人たちの人身御供にされ、夜叉ケ池に身を沈めたという痛ましい前史があったのだ。「天守物語」の富姫をもふくめて、選ばれた人間が恩寵的な水に浴して妖怪に化するという、鏡花世界の歴史は循環しているのである。そして人間世界と妖怪世界とのあいだの緊張した対立関係には、人間と妖怪のうち、どちらが真の意味で人間らしいかという、倫理的なパラドックスがつねに伏在しているのである。

人間よりも人間らしい妖怪というのは、申すまでもなく一つのパラドックスである。鏡花が反人間主義の世界へ突きぬけるのは、出発点ではあくまで倫理の基盤に立った、このパラドックスを追いつめるからにほかならない。それはすでに倫理とはいえないかもしれない。そこがパラドックスのパラドックスたる所以で、たとえば海底の琅玕殿に輿入れしてきた人間の美女は、「海神別荘」の公子から人間性を捨てることを要求される。ひたすら恋に生きるために、親子の情愛さえ捨てることを要求される。つまり人間性を捨てて妖怪になることを、あからさまに求められるのだ。「勝手な情愛だね。人間の、そんな情愛は私には分らん」と公子は頭をふるのだ。奇妙なイニシエーションというべきであろう。倫理というよりも、すでにここには純粋への欲求といったものしか見られないような気が私にはする。おそらく鏡花が終局的にめざすのは、こうした倫理の彼岸なのである。

「天守物語」についても述べなければならないが、この戯曲がそれに先立つ「夜叉ケ池」と、近しい関係にあるのは一目瞭然である。天守夫人富姫の前史が白雪姫のそれに似ていることは前に述べたが、そのほかにも作品の冒頭に、富姫が「越前国大野郡、人跡絶えました山奥の」夜叉ケ池まで、池の主の「お雪様」に頼みごとがあって、遊びに行ってきたという場面が出てくるからだ。「天守物語」の富姫も、「夜叉ケ池」の白雪姫も、いわば親類みたいな妖怪同士なのである。

「天守物語」には、「夜叉ケ池」の大団円におけるような天地晦冥《てんちかいめい》の大洪水のシーンは見られないけれども、そのかわりに前にも述べたような、城の天守の垂直的な空間構造があって、人間世界と妖怪世界との対立あるいは隔絶を、くっきりと舞台の上に浮き出させるような工夫が凝らされている。水のエレメントのかわりに、ここでは空のエレメントに棲む妖怪たちが強調されているわけだ。

垂直構造といっても、この戯曲の舞台は終始一貫、妖怪たちの棲む白鷺城の天守の第五層にかぎられていて、観客の目に天守の下の地上世界が見えるわけではない。「夜叉ケ池」の舞台におけるように、人間界と魔界とが交錯するわけではない。ただ妖怪たちが観客にかわって、天守の下の人間界を眺めおろすことができるだけである。醜い人間界のごたごたを、揶揄と侮蔑の目で眺めおろすことができる特権的な場所、そういう場所に戯曲の舞台が設定されている。そしてそういう場所へ、たったひとりの例外として、選ばれた人間たる若き鷹匠、姫川図書之助が踏みこんでくる。天守夫人がその凜々しさ、その若さの真情に打たれて、「千歳百歳《ちとせももとせ》に唯一度、たった一度の恋」を捧げる相手がこれである。

鏡花自身が柳田国男の「遠野物語」の読後感を述べた「遠野の奇聞」という短文の中でふれているから、この「天守物語」の幻想が、江戸期の随筆「老媼茶話」のエピソードを核として発展せしめられたものであることは、ほぼ確実と見てよいだろう。図書之助が天守の上層にのぼってゆくと、気高い女が灯の下で読書をしているところ、また、いったん退座した図書之助がぼんぼりの灯を大入道に吹き消されて、ふたたび天守の上層へもどってゆくところ、これらは両者に共通している。ただ違うところは、図書之助が天守夫人から兜をもらって地上に降りると、殿様の秘蔵の兜を盗んだ謀逆人だと言い立てられ、刀をぬいた武士たちに追われて、二度と来ないと約束した天守へ舞いもどり、心ならずも天守夫人の庇護を仰がねばならなくなるところであろう。心ならずもと私は書いたが、むろん、これは表面上のことにすぎない。図書之助の心は、このときすでに醜い地上の世界から離脱して、天守夫人の妖しい美しさに半ば捉われているからである。

地上と天守とは、一方が醜い人間の世界、他方が美しい妖怪の世界として、ここではっきり対立する。図書之助は何度も暗い階段をのぼったり降りたりして、天守の第五層に足を踏み入れるが、ついに最後の三回目の闖入によって、決定的に地上世界から縁を切ってしまうのだ。迷宮のイニシエーションは中心の至聖所に到達するために、複雑に入り組んだ通路を平面的にぐるぐる歩きまわるわけだが、ここでは、その迷宮が垂直的になっているのだと思えばよいだろう。しかも中心の至聖所には、ミノタウロスとアリアドネーを兼備したような女怪が端然とすわっている。天守夫人が男の生首を賞翫するような、おそろしい女怪としての一面をも有していることを忘れるべきではあるまい。

迷宮のアナロジーでいえば、大団円に近江之丞桃六と呼ばれる工人が突然あらわれて、獅子《しし》頭《がしら》の目が傷つけられたために失明する二人の恋人同士を、その鑿《のみ》によって救ってやるところは、まさにダイダロスがデウス・エクス・マキーナのごとく闇から躍り出たという感じで、間然するところのない作劇術の冴えを示している。この桃六の出現によって、劇ぜんたいが一挙に高い批評性を獲得したといえるからだ。

戯曲としての質の高さからいえば、ドイツ・ロマン派風とはいえ単純で土俗的な匂いを払拭しきれない「夜叉ケ池」よりも、この「天守物語」のほうが数等すぐれているのは論を俟たぬであろう。何度もいうようだが、作者の卓抜な着想というべき天守の垂直構造が、その妖怪的な純粋性志向ともぴったり重なり合って、ここに類まれな傑作を生み出すことになったのではないかという気が私にはする。「天守物語」の澄みきった、文字通り天上的な晩秋の雰囲気は、幕あきに女童《めのわらわ》の合唱する「此処は何処の細道じゃ」の歌声や、鼓の緒を張りめぐらした天守の欄干から、侍女五人が手に手に五色の釣糸を垂れ、白露を餌にして秋草を釣るという奇抜なシーンとも相俟って、全篇にあえかな詩情を横溢させている。幽艶とは、こういう雰囲気をさすのであろうと私は考える。

『我身にたどる姫君』雑感

一昔前までは、やれペニス羨望だとか、やれエレクトラ・コンプレックスだとか、やれ男性的抗議だとかいった、あやしげな精神分析学の術語を使って、女性の性愛について論じる論者が多かったし、私自身も、そんな論じかたの真似ごとをしてみたことがないわけではないが、もう今では、すっかり飽きてしまったというのが正直なところである。フロイトやマルクスが今もって尊敬されていることに変わりはないが、フロイト主義やマルクス主義は、二十世紀も終わりに近づくとともに、がたがたと相場が落ちてしまった。べつだん相場が落ちたから飽きたというわけではないけれども、私自身にも興味索然としてきたのである。

フロイトは女性の性愛を暗黒大陸になぞらえたが、かつての暗黒大陸アフリカにだって、今や独立国が目白押しにならんでいるというありさまだから、未知の領域はかなり減ったことだろうと想像される。それでも最近になって、まことしやかにGスポットなんてものが発見されたとかいうことを聞かされると、今日の性科学もずいぶんいい加減なものだなという気がするし、いみじくもフロイトの喝破した通り、まだまだ女の性愛は暗黒大陸の名にそむかずといった感じを受けもする。

たとえば女の同性愛なんかも、暗黒大陸の奥深くにかくされて、一向に解明されていないのではなかろうか。

私は最近、ジャン・ピエール・ジャックというひとの『サッポーの不幸』（グラッセ、一九八一年）という本をおもしろく読んだが、これは精神分析や心理学の本ではなく、サフィスムという視点から眺めた十九世紀フランス文学の研究といった種類のものだった。サフィスムとは申すまでもなく、レスボス島生まれのギリシアの女流詩人サッポーから由来した語で、レスビヤニスムとともに女性同性愛を意味する。

たしかに、この本の著者のいう通り、十九世紀半ばから今世紀初めにかけてのフランス文学には、バルザック『金色の眼の娘』、ミュッセ『ガミアニ』、ゴーティエ『モーパン嬢』、ボードレール『悪の華』の「禁断詩篇」、ゾラ『ナナ』、ルイス『ビリティスの歌』、プルースト『失われた時』をはじめとして、群小作家のものまでふくめると、サフィスムを扱った文学作品がきわめて多い。これはいかなる理由によるものか。著者によれば、むろん、十九世紀になって急に女性同性愛者がふえたためではなく、もっぱら実業の世界で疲れた男たちの妄想のなかで、サフィスムの幻影は作り出されたというのである。

十八世紀にもディドロやサドをはじめとして、男女の同性愛を描いた作家は多かったが、十九世紀がそれまでの時代とちがうのは、男の同性愛と女の同性愛とを厳密に分けてしまったことだった。十九世紀は偽善的道徳の支配した時代で、男の同性愛は禁圧され卑しめられて、いわば病院と警察の手にゆだねられた。これに反して女の同性愛は薔薇色の神話となり、好んで詩人に歌われたのである。ヴィニーの名高い詩句「女はゴモラを持ち、男はソドムを持たん」をもじっていえば、「医学はソドムを持ち、芸術はゴモラを持たん」とでもいった情況が十九世紀とともに出現したのだった。

なるほど、そういわれてみれば十九世紀の画家、たとえばアングル、ドラクロワ、ルノワール、クールベ、ロートレックなども、しばしば女同士が裸体で抱き合っている絵を描いたもので、どうやらサフィスムの幻想は文学ばかりでなく、造形美術の面にもおよんでいたらしいということが分かる。

プルーストの『失われた時』のなかには、小説の話者がノルマンディー海岸のカジノで、医師のコタール教授に指摘されて、二人の女が踊りながらサフィスムの快楽にふけっているところを発見するくだりがある。

「二人はぴったりとからだをくっつけ合って、ゆっくりとワルツを踊っていた。『ほら、よくごらんなさい』とコタールがいった、『鼻めがねを忘れてきたので、よく見えないんだが、たしかに快楽の頂点に達していますな。ひとはあんまりよく知らないかもしれんが、女たちが快楽をおぼえるのは何よりも乳房によってなんですからね。ちょいと、ごらんなさい、二人の乳房は完全にくっついていますよ」

じつをいうと、『我身にたどる姫君』の巻六、レスビヤン的傾向のある前斎宮が女房の小宰相を相手にたわむれているところを、ある五月雨の降る日、こっそり右大将がのぞき見するくだりを読んで、私はゆくりなくも、このプルーストの文章を思い出したのである。今井源衛氏の現代語訳によって、その部分を次に引用してみよう。

「じっと目をこらして御覧になると、同じ年格好の若女房が二人、どちらかが主人なのだろうけれど、二人ともとてもそうとは思えない。気候も暑さに向かっている折なのに、薄衣を頭から引っかぶっているが、その中で息もしていないのかと思われるほどいつまでも、相手の首に抱きついて臥せっている。といっても、どういうわけか、泣き声を立てたり、はなをかんだりなどもする。つらく悲しい事でもあるのかと思って見ていると、またたちまち我慢できなくなったように笑い出す」

この入念なレスビヤン的痴態の描写、まさにプルーストのそれに匹敵するといえるだろう。十九世紀のフランス文学にあらわれたサフィスムが、男たちの脳髄のなかで繁殖した幻影だったとすれば、十三世紀日本の擬古物語たる『我身にたどる姫君』のなかに描かれた性愛諸相は、ひとりの女の偏執的な眼によって捉えられた、やはり一つの幻影だったといえばいえるかもしれない。私がここで幻影というのは、今井氏も指摘しているように、この作者が「男の心について、ほとんど無知に近い」と考えられるからで、あくまで女の光学によってしか世界を見ていないと感じられるからである。

男の心には目もくれず、これだけ女のセックスに淵源する心理や生理をあばき出した物語文学も、珍とするに足るのではあるまいか。『とりかへばや』とともに、おそらく王朝文学のマニエリスムとして最右翼に位置するのが『我身にたどる姫君』であろう。今度はじめて読んでみて、私はそんな印象を受けた。

『とりかへばや』については、前に同じ今井氏の解説と現代語訳を付した本（角川書店、鑑賞日本古典文学）に感想を記したことがあり、また、それとは別に一文を草したこともある。そのなかで、私は『とりかへばや』の登場人物たちを植物に比較したものであった。主体性をもたず、まるで運命の神にあやつられるように、次々に男女の組合わせを形づくってゆく登場人物たちが、昆虫と風を媒介として、無限の乱交を繰り返す植物に似ているような気がしてならなかったからだ。

その点では『我身にたどる姫君』も同じで、宿命観にがんじがらめになった、この物語のなかの男女関係も植物の性愛を思わせる。

とりわけ私が植物的でおもしろいと感じたエピソードは巻七、少年悲恋帝と叔母一品宮との密通のそれであった。悲恋帝に犯される前に、連夜のごとく帝を相手とする性夢を見ているのだから、フロイト理論などを適用すれば、一品宮には帝に対する無意識のエロティックな関心があったはずなのだが、少なくとも記述にあらわれたかぎりでは、そのような心理は片鱗だにない。避けがたい災難にでも遭ったように、彼女はただひたすら悔やみ、ただひたすら泣くだけである、いかに宿命観にとらわれていたとはいえ、その人間的内容を欠いた心理は不可解というほかない。そうしてやがて二人とも、植物が萎れるように衰えて死んでゆく。

日本の中世にも、フロイトなんぞが手も足も出せないような、かたくなに守られた女の暗黒大陸があったことをまざまざと感じさせるのが、この巻七のカップルの悲劇であろう。この巻七の部分だけを独立させても、優に一つの短篇小説として成り立つのではないかと私は思ったものだ。

ヴォキャブラリの上から見れば、この物語におよそ露骨な表現は一つもないといってよい。一般に女の手になったと思われる物語には、観念的で暗示を好む男性文学に特有なポルノグラフィックな表現は、ほとんど見られないのが通例のようだ。王朝文学に出てくる露骨なヴォキャブラリといえば、私たちはすぐ『土佐日記』や『宇津保物語』や、さては藤原明衡の『新猿楽記』や『鉄槌伝』などを思い出すが、それらの作者がいずれも男性なのは示唆的である。男は観念的で、暗示とほのめかしによる笑いを好むが、女は心理と生理に執しつつ、ただ描写するだけである。

それでも『我身にたどる姫君』の巻六に、私は思いがけないおもしろい発見をした。次に原文と現代語訳とを並べて示そう。

「いみじくもの憂きを、隙なきひのくま川の巻きかくるやうなるに、わびしけれど、情深くゆゑある人にて、人の御ほど心苦しかりければ、待ちわびぬほどにほのめきけり」

「こうなってみるとひどくうっとうしくて、休む暇もなく毛の密生した熊の毛皮で抱きしめるような有様に閉口したが、情愛があって教養も具えた人で相手の御身分柄お気の毒でもあり、あんまり待たせてつらい思いをさせない程度にちょいちょい姿を見せた」

今井氏の語釈によると、「日のくま川」は「熊皮」をかけていて、熊皮は女陰を暗示するそうだ。欲求不満のヒステリー女というべき前斎宮と深い仲にはなったものの、源中将は熊皮で抱きしめられるような、彼女の床の中のすさまじさにつくづくうんざりする。このくだり、女の手とは思えぬポルノ的なユーモアがあって秀逸だと私は評価したいところだが、いかがなものだろうか。

『幻想のラビリンス』序

フランスをはじめとする欧米の国々で刊行された幻想文学に関する評論、あるいは幻想文学のアンソロジーを、これまで私はいったい何冊くらい読んできたろうか。書棚にずらりとならんでいるが、あまりに多すぎて、ちょっと数えるのも容易ではないほどである。近年、ヨーロッパでは幻想文学の評論やアンソロジーはますます数多く刊行されるようになってきつつあり、もう正直いって私なんぞには収拾がつかない状態になってしまった。

かつては私も、幻想文学の「幻想」という概念を正しく規定しようとして、ロジェ・カイヨワとかピエール・カステックスとかマルセル・シュネデールとかいったひとたちの論文を熱心に読みあさったものであるが（ただしツヴェタン・トドロフはつまらないから読まなかった）、もういまでは、そんな熱意はない。自分でアンソロジーを編んでみるとよく分るが、いかに概念規定を厳密にやっても、結局は好みが大きく物をいって、採録の基準は自分の好きな作品ということになりがちなものであることを知ったからである。おそらく幻想文学のアンソロジーは、編者の好みによって、がらりとちがった「幻想」文学のアンソロジーになるであろう。それでよいのである。

フランスには、十九世紀の初頭に成立した、フランス文学に独特のコント・ファンタスティックというジャンルがある。メリメの『イールのヴィーナス』とかゴーティエの『オンファール』とかリラダンの『断頭台の秘密』とかを典型的な例とする、私の大好きなジャンルだ。このコント・ファンタスティックに属する十数篇の短篇小説を、私はもう二十数年も前に、みずから選んで翻訳して、アンソロジーとして某書肆《しょし》から刊行したことがあり、このアンソロジーは息長く、げんに今日においても少しずつ版をかさねている。どうやら私はアンソロジーをつくるのが好きなほうであるらしく、そのほかにも十数年前、日本の幻想文学のアンソロジーを二種類ばかり編んだことがある。

ここらで話を日本の幻想文学に移すとすれば、私はその自分で編んだアンソロジーの一つのなかに、明治以後の諸作とともに「堤中納言物語」や「今昔物語」からはじまって、中世の御伽草子や謡曲や仮名草子「二人比丘尼」や、さては江戸期の上田秋成や平田篤胤にいたるまでの諸作をぶちこんでしまったものである。まあ、いずれも日本の明治以前の幻想文学といえばいえるかもしれないが、ずいぶんめちゃくちゃな選択をしたもので、いまの私なら、もう少しスマートな選択ができるのではないかと思う。しかし、ヨーロッパでは幻想文学のアンソロジーといえば古代までさかのぼって編まれている場合がめずらしくないのに、日本では、同じような試みがほとんどまったく行われていないのも事実であって、私としても、ここはどうしても源流にさかのぼって「今昔物語」あたりを一枚加えてみたいという誘惑につい駆られたのだった。これはいずれ想を新たにして、ぜひふたたび試みてみたい課題だと思っている。

かつて三島由紀夫は上田秋成をヴィリエ・ド・リラダンに比較したが、年代的に見れば秋成はリラダンより百年も早く、『雨月物語』が完成した明和五年(一七六八年)はほぼウォルポールが『オトラント城綺譚』を書いたころであり、『春雨物語』が成立した文化五年(一八〇八年)はサド侯爵がシャラントン精神病院で自作の芝居を演出していたころである。つまり秋成はイギリスのゴシック小説、フランスの暗黒小説とほぼ同時代だったということになる。もし秋成が日本の幻想文学の歴史に一つの分水嶺を形づくっているとすれば、これはふしぎな一致と考えなければならぬだろう。

幻想作家のタイプにもいろいろあって、私は前に平田篤胤とアタナシウス・キルヒャーを、平賀源内とシャルル・クロスを、泉鏡花とE・T・A・ホフマンを、折口信夫とウォルター・ペイターを、牧野信一とジェラール・ド・ネルヴァルを、稲垣足穂とダンセーニ卿を、それぞれ並べて論じたらおもしろかろうと書いたことがある。どこか似ているところがあるような気がするからだ。むろん、上田秋成とヴィリエ・ド・リラダンも、このなかにふくめなければならぬだろう。いまふっと思いついたのだが、久生十蘭とメリメなんていうのもおもしろいかもしれない。

なんだか取りとめないことばかり書いてきたが、このたび、幻想文学会編の『日本幻想文学大全』上下二巻に目を通すにおよび、明治以後の日本の幻想文学も、すでに百年の歳月をへて、こうして鳥瞰してみると、なかなか多彩なものだということをあらためて思い知らされた。

上巻は明治以降戦前までの十九篇、下巻はもっぱら戦後の十八篇を収録しているが、もしそこに何らかの差異が読みとれるとすれば、それは時代の流れというものであろう。もしそこに何らの差異も読みとれないとすれば、それは文学の時代を超えた魅力というものであろう。いずれにしても、ここにあつめられた三十七篇の短篇小説は、「幻想」という概念の包括する範囲を越えて、短篇小説そのものの魅力というものを考え直してみるためにも、よい機会となるだろうと私は信じている。

物の世界にあそぶ

虚子について書くことを求められたとき、自分でもあきれたことに、私の知っている虚子の句はたった二つ、すなわち「石ころも露けきものの一つかな」と「流れ行く大根の葉の早さかな」の二つだけだった。嘘みたいな話だが、ほんとうである。それでも私が辞退せずに、あえて書くことを引き受けたのは、この二つだけでも十分に虚子の世界を論ずることはできるのではないか、という見通しがあったからにほかならぬ。このたび、初めて虚子句集にひとわたり目を通してみたが、この私の見通しは大筋において正しかったと確認することができた。

虚子の世界はひろく、まことに茫洋としてつかみどころがないが、その一句一句の分りやすく曖昧さのみじんもない点は、きわだった特徴をなしているといえる。日ごろ俳句の世界に親しんでいない私のような読者が、新興俳句といわず前衛俳句といわず、現代の多くの俳句に接してしばしば感じるところの難解さや曖昧さは、虚子に関するかぎり、およそ一カ所もないのだ。いわゆる禅味のありすぎるような句も私の好みではないが、そういう臭味にも虚子はまったく無縁である。いま私があげた「石ころも」の句にしても「流れ行く」の句にしても、あんまり当り前すぎて、ことさらな解釈の余地はここにはない。あえていえば、これらの句は、ただ存在の物理的法則を叙しただけのように見えないこともない。

秋草のみだれ咲く野で石ころが露にぬれるのは当り前であり、潺湲《せんかん》たる小川の水に大根の葉がたちまち流されてゆくのも当り前である。当り前の物理的現象である。しかしこの現象世界の事物の一つをクローズアップすることによって、現象世界の背後から、無気味な物自体がぬっと顔を出したような印象を私は受ける。この石ころ、この大根の葉は、現象であると同時に物自体でもあるような気が私にはする。

物自体とは、申すまでもなくカント哲学の概念であり、要するに私たちが見たり聞いたりすることのできる現象の背後にあって、この現象の原因となる不可知物のことである。私たちの感覚にはふれてこない、現象の奥にかくれた物そのもののことである。むろん虚子自身には、そんな御大層なものをあばき出したつもりは毛頭なかったであろうが、花鳥諷詠のマニエリスムによっても少しも曇らされることのなかった作者の目が、それを否応なく引きずり出してしまった感じなのである。

決してこの二句だけの話ではない。「石ころも」と同じ観照のパターンを示している句には「鴨の中の一つの鴨を見てゐたり」があり、「流れ行く」とよく似た流転の相を写している句には「青き葉の火となりて行く焚火かな」がある。平明であって、しかもこれだけ物の存在感をきわだたしめる幻術は、あくまで自然観照に徹した虚子ならではのものであろう。

この幻術がたまたま頂点に達するとき、たとえば「爛々と昼の星見え菌《きのこ》生え」のごとき怪作が生まれる。私はこの句を解釈しようなどという気にはとてもなれない。いや、そもそも解釈の必要なんかありはしないだろう。これも「石ころも」や「流れ行く」と同じく、ただそれだけの句だからだ。この昼の星も菌も、いわば現象の背後から、ぬっと顔を出した物自体みたいなものであろう。安っぽい前衛俳句をいくら寄せあつめても、この一作に太刀打ちできる句がめったにあろうとは思われぬ。

前にもふれたが、そう思って眺めると、虚子の句にはいくつかのパターンがあることに気がつく。たとえば「蝶々のもの食ふ音の静かさよ」と「我汗の流るゝ音の聞こゆなり」を比較していただきたい。ここでは、まるで音も物質のようではないか。また「水打てば夏蝶そこに生れけり」と「風花は黒板塀に生れつゝ」は似ていないだろうか。

いっぽう、「鬼灯《ほおずき》はまことしやかに赤らみぬ」と「たんぽゝの黄が目に残り障子に黄」は、いずれも植物の色の不安定さを主題にしている。「紅梅の紅の通へる幹ならん」も、ややこれに近いというべきか。いや、むしろこれは「白牡丹といふといへども紅ほのか」に似るだろう。色も物質のように分離し移動するのだ。

「襟巻の狐の顔は別に在り」は物の不在そのものである。「わだつみに物の命のくらげかな」は物と生命の同一化である。「大寺を包みてわめく木の芽かな」は豪奢な同心円の構図である。「去年《こ》今年《ぞ》貫く棒の如きもの」は、時間的なものを物質的なものによって表現して、のっぺらぼうの陽気なニヒリズムをくろぐろと凝縮させたかのような観のある秀作である。

あくせくした近代主義から目を転ずるとき、物の世界に悠々とあそぶ虚子のマニエリスティックな精神は、思いもかけぬ無限の可能性をもって見えてくるにちがいない。古いものは新しく、新しいものは古いのである。表現の世界では、そういうパラドックスがつねに起っているのだということを料簡する必要があろう。

ストイックな審美家——富士川義之『幻想の風景庭園』栞

日暮れて道遠し。もういまさらじたばたしても仕方がないが、私なんぞの英文学の読み方には、自分で考えてもかなり偏頗《へんぱ》なところがあることを認めないわけにはいかない。早いはなしが、世紀末のデカダン文学にはいくらか親しんでいるものの、十九世紀初頭のロマン主義の文学には、恥ずかしながらほとんど目を通していない。ド・クインシーのような異色作家とか、ベックフォードやマチューリンのようなゴシック小説作家とかには、やたらにくわしいくせに、たとえば富士川義之さんが『風景の詩学』の冒頭に採りあげているワーズワスのごとき正統的な詩人には、とんと御縁がない。ティンタン・アベイという名前をうろおぼえに記憶しているだけで、ワーズワスについては何のイメージも頭に浮かんでこないのである。

これは英文学ではなくて米文学というべきかもしれないが、私はメルヴィルが大好きで、若いころ、まだ邦訳されていないメルヴィルの短篇をひそかに読んでいたという経験がある。こんなのはめずらしいことで、あんまり例がない。ついでだから書いておくが、フランス文学の翻訳はずいぶん手がけてきた私だが、日本語に直した英語の作品は二つしかない。ビアズレーのごく短いポルノ小説『ヴィナスとタンホイザーの物語』と、アーサー・シモンズの「ビアズレー論」だけである。かつて西村孝次さんに頼まれて、ワイルドの『サロメ』をフランス語版から訳そうとしたこともあったが、これは実現しなかったし、そもそもテキストが英語ではなかった。

しかし考えてみると、年少のころ、ポーやワイルドを夢中になって読んだのは、ちょうど谷崎潤一郎や佐藤春夫を夢中で読んだのと同じような経験で、ことさら英文学を読んだという意識はなかったような気がする。それほどポーやワイルドは私にとって親しいものになっているということで、いまでも私は折りにふれて、これら二家の作品を読む。数種の邦訳を読みくらべてみたりすることもある。それにつけても思うのは、最近、これを富士川さんの新しい翻訳で読むことができるようになった喜びである。

今日の日本の数ある英文学者のなかでも、富士川義之さんくらい、ストイックなまでに審美家としての立場を守っているひとは少いのではないかと私はかねがね思っている。簡単にいえば翻訳がじつにうまいということであり、また翻訳する作家が厳選されているということであって、ナボコフやロレンス・ダレルの長篇も、私は富士川さんの麗筆で初めて読み通すことができたといってもよいくらいなのだ。文学青年のあいだに、意外に富士川ファンが多いというのも、素直にうなずける現象である。事、文学に関するかぎり、未来はそれほど捨てたものではないのだろう。

たとえばボルヘスがワイルドを評して、「その悪の習慣や不幸にもかかわらず、びくともしない無垢を保ちつづけている男」と書く。それを富士川さんが「無垢と頽廃」という文章の冒頭に据えて、みずからの卓抜なワイルド論を展開するためのスプリングボードとする。もうそれだけで、私はぞくぞくするほど嬉しくなってしまうのだ。なぜなら、私もまた、このボルヘスの「ワイルドは本質的に十八世紀の人間だった」というところから出発する観点に、初読の際、虚をつかれたような感銘を受けたおぼえがあるからである。

口幅ったいことをいわせてもらえば、私と富士川さんとのあいだには、いわばプラトニスト的観念を愛するとでもいったような、たがいに共通した好みがあるのではないかと思っている。ボルヘス好きといってもよいし、ポーやワイルドへの偏愛といってもよい。富士川さんの前著が『風景の詩学』で、このたびの著書が『幻想の風景庭園』だというのも、おもしろいことである。もしも富士川さんが風景ということにこだわっているのだとすれば、おそらく富士川さんもまた、十八世紀へのあこがれを心のどこかに感じているひとなのであろう。ポーもワイルドも、これまで日本で幾度となく論じられてきた作家であるが、こういう観点に立てば、まだまだ論じるべき余地が残っているということを痛感する。ペイターもラスキンも、富士川さんの訳筆でもう一度読んでみたいと思うのは私ばかりではないだろう。

植島啓司『分裂病者のダンスパーティ』序

私はポルノグラフィーが大好きだ。ポルノグラフィーの世界では、そこに登場する人物はことごとく物にされてしまう。これほど平等な世界はあるまい。しかるに、おろかなフェミニズムの闘士はしばしば次のように断言してはばからない。すなわち、「ポルノグラフィーは女を物として扱うから差別的であり非人間的である」と。これほど次元の低い、これほど見当ちがいな意見もないだろう。みずからすすんで客体になることが、どれほどの自由を消尽せしめる行為であるかは、多少なりともエロティックの機微を知ったものには自明の理だからだ。

むろん、私たちは、物になる自由、客体になる自由を女だけに楽しませておくわけにはいかない。生まれたときからペニスというオブジェを玩弄することを知っている私たち男性は、ともすると女性より以上にみずからをオブジェ化することに長じているはずだ。かつて十五世紀のピコ・デッラ・ミランドラは、あらゆるものに変貌しうるカメレオンにも比すべき人間の性質を讃美したが、私もピコの驥尾《きび》に付して、二十世紀の世紀末における人間のオブジェ化を、世界を変容させるゲームの一つとして推奨したい。この本の著者もいうように、人間はまさしく愛の機械なのである。

行為がつねに視線を必要としているような世界、それがポルノグラフィーの世界であるとすれば、それはかならずや、すぐれて知的な操作を陰に陽に随伴するだろう。四人の男女のポルノグラフィックな記述を中心として、その周辺に哲学的な思考の断片をカレイドスコープのように乱反射させながら進行する植島啓司氏の奇妙な作品『分裂病者のダンスパーティ』は、あたかもレオナルドの考案した八角形の鏡張りの部屋に似ている。四人の男女のパーティは鏡の間で行われる。鏡とは、この場合、現実の行為を対象化する認識のはたらきそのものの隠喩だと思っていただきたい。小説でも評論でもエッセーでもなく、また同時にそれらのすべてでもあるというところが、この作品のなんとも憎いところではないかと私は思うが、どうだろうか。

著者は書いている。「本書はトランプのごとく四種類、五十二枚のカードから成る。第一に、四人の男女の不思議なパーティ、第二に、ある分裂病者の妄想、第三に、さまざまな引用からなる断章、第四に、性的逸脱をめぐる議論である」と。

私は、この五十二枚のカードをばらばらにして、よくシャッフルして、もう一度、任意にならべ変えてみたいような誘惑にかられる。そこにどんな世界の変容があらわれるだろうか。いや、その期待はすでに著者自身が本書の末尾に書いている、「ふたたびまったく異なる一日がはじまろうとしているのだ」と。

あらずもがなの私の序文は、さしずめ五十三枚目のカード、すなわちジョーカーのようなカードの一枚だと思っていただきたい。

『エトルリアの壺』その他

人生いかに生くべきか、というような問題には一向に関心がなかったので、私はごく若いうちから、求道的な文学にはそっぽを向いて、どちらかといえば審美的な小説のたぐいばかりを読みあさっていた。若いうちは誰でも読む漱石なんかも、一通り代表作に目を通しはしたものの、どうしても好きにはなれなかった。明治大正の文学でいえば、谷崎潤一郎と芥川龍之介にいちばん親しんだのではなかったろうか。それも中学時代のはなしである。

旧制高校に入学するとともに、どういうわけかフランス文学にのぼせあがって、フランスでなければ夜も日も明けないという毎日になったのは、いま考えると、ふしぎな気がするくらいである。とくにメリメに熱中したというわけではないが、岩波文庫の杉捷夫《としお》訳『エトルリアの壺』は、そういう時期の私の愛読書の一つであった。これまでメリメのことはあまり書いたことがないので、この機会にふれておこうと思う。

敗戦直後の日本で、古本屋は雨後の筍のように巷にぞくぞく出現したが、本の絶対数が今日とは比較にならぬほど不足していたし、新しい海外文学がどしどし紹介されるという情況でもなかったので、そのころ、古本屋の棚にならんでいる戦前の岩波文庫は貴重だった。いまでは絶版になっているだろうが、ハウプトマン『ソアーナの異教徒』とか、ソログープ『かくれんぼ、白い母』とか、フラピエ『女生徒』とか、思い出すだけでもなつかしい本がいっぱいある。

杉捷夫氏は、まるでメリメを訳すために生まれてきたようなひとで、つとに三島由紀夫が『文章読本』のなかで賞讃している通り、このひとのメリメは絶品である。『トレドの真珠』なんかは散文詩みたいなもので、切りつめられるだけ切りつめてある。『マテオ・ファルコーネ』も、簡潔と正確のお手本みたいな文章で叙してある。すぐれた翻訳者というのは、あたかも原作者が乗り移ったかのごとく、原作者の文章の呼吸を身につけてしまうものらしい。

『エトルリアの壺』は、社交界でニル・アドミラリの訓練を積んだダンディーの青年が、それにもかかわらず、ほんの些細なことで嫉妬の念に苦しむ心理を綿密周到に描いた、いかにもメリメらしい出色の短篇だ。メリメというのはおもしろいひとで、人間も文章自体も冷徹なダンディズムで押し通しているのだが、つねに人間のこころの激発や、奇怪な衝動に目をそそぐことを忘れない。そういう衝動に押し流される人間の不条理さが気になって仕方がないのである。その点で、日本の鷗外に似ているといえば似ているが、鷗外よりはむしろ久生十蘭の名前を引合いに出したほうがよいかもしれない。十蘭もまた、文章上の途方もないダンディーであるとともに、実生活上のミスティフィカトゥール(他人を煙に巻いて喜ぶひと)として知られていたひとだったからである。

久生十蘭はスタンダールを下敷にして、いくつかの絶妙な作品を書いたが、メリメを下敷にしたという形跡はない。やはり冷たく固まっているメリメよりも、熱く煮えたぎっているスタンダールのほうが料理しやすかったのかもしれない。『エトルリアの壺』はまた、いかにも考古学趣味のあるメリメらしく、古代イタリアの陶器の壺を恋愛心理劇の小道具として利用しているという点でも、しゃれた短篇だと思わざるをえない。主人公の青年サン=クレールがいらいらしながら鍵で壺をたたくところ、最後にマチルドが壺を床の上にたたきつけて割ってしまうところ、まさに申し分のない出来映えである。

これは青春の愛読書というよりも、ややのちになって読んだような気がするのだが、私は同じ作者の怪異譚『イールのヴィーナス』にも大いに執着していることを、ついでながら述べておこう。何度読みかえしても感心するのは、その悠々たる導入部の考古学談義で、これがあるからこそ、後段の怪異がひときわ生きるのである。

悠々とペダントリーを楽しみながら徐々に怪異の方向へ読者を引っぱってゆく。読まされるほうとしても、これこそ最高の知的愉楽だと思うのだが、どうだろうか。文学の真骨頂は怪談だという説があるが、この『イールのヴィーナス』のように、技法の点でも文体の点でも間然するところのない作品を読まされると、なるほどという気がしてくる。怪談にくらべれば、エロティシズムなんて、しごく安直なものであろう。

待望の詩誌

戦争がおわってから、いままで塞きとめられていた水流があふれ出したように、神田のバラックの古書店街にどっと出てきた古書のなかで、そのころ旧制高校生であった私がもっとも渇望の目で眺めていたのは、昭和初年に刊行された第一書房の本であった。コクトーもアポリネールも、私が最初に読んだのは第一書房から出た堀口大學本だった。いまでは神田の古書店街でも、めったにお目にかかれなくなっている。

最近、長谷川巳之吉氏の評伝や回想も出て、岩波文化とも講談社文化とも明らかに違う、いわば第一書房文化ともいうべきものを回顧する動きが出てきたのは嬉しいかぎりだが、私のような遅れてきた読者（第一書房の全盛期は私が生まれたころである！）から見ても、高踏的であってモダーンであり、反アカデミックであってスマートであり、何よりも造本の美しさを追求した第一書房の出版活動には、忘れがたいものがある。

とくに「パンテオン」「オルフェオン」の二誌は、日夏、堀口、西條の三詩人と長谷川氏が精魂こめた詩誌であり、その都会的なしゃれたセンスが贅沢な行間にまであふれていて心地よい。私は「オルフェオン」は全巻所持しているが残念ながら「パンテオン」は架蔵しない。このたびの復刻を楽しみにしている。

珍説愚説辞典

たとえば「神」という項を引いてみると、小見出しに「神の不在の証明」とあって、次のようなオクターヴ・ミルボーの文章が出ている。ミルボーは十九世紀フランスの小説家である。

「もし神が存在しているならば、どうして男は赤んぼに飲ませることのできない無用な乳などをもっているのか」

また「好奇心」という項を引いてみると、小見出しに「かならずしも罰を受けず」とあって、十九世紀の宗教家ブーヴィエ猊下の次のごとき文章が出ている。

「みずからの恥部を眺めて楽しむ者は、その大罪により地獄に落ちるであろう。なぜなら恥部を眺めることによって、みだらな思いを心中に生ぜしめないことはありえないからだ。ただし純粋な好奇心から眺める場合は別である」

また動物の「こうもり」という項を引いてみると、小見出しに「その知性の低さ」とあって、アンリ・クーパンという今世紀の動物学者（たぶん動物学者であろう）の意見が次のように出ている。

「こうもりの生活はかなり単調である。これは彼らの知的能力があまり発達していないことを証明している」

どれもこれも、あんまり馬鹿馬鹿しくて、思わず吹き出したくなるような文章ばかりである。書いている本人が大まじめであるだけに、なんだか余計おかしいのである。こんなおかしな文章ばかりあつめて辞典のように項目別に編纂したのが、一九六五年に初版が出て、最近ふたたび増補版の出た、ギー・ベクテルおよびジャン＝クロード・カリエール共著の『珍説愚説辞典』一巻である。古今東西の作家や学者の意見から、ローマ法王の見解や無署名の新聞記事のようなものまで丹念にあつめている。

編者のひとりジャン＝クロード・カリエールの名は、ルイス・ブニュエルの映画製作の協力者としても、あるいは最近の演劇活動によっても、或る程度はわが国に知られているかもしれない。もうひとりの編者ギー・ベクテルは、小説を書いたり雑誌の編集をしたりしているひとらしい。世間には物好きな人間がいたもので、こんな人を食った、人間精神の愚かしさをまざまざと見せつけるような、笑いと毒にみちた辛辣な著作はあんまり例がないであろう。似たような例を求めるとすれば、さしずめフローベールの『紋切型辞典』とかビアスの『悪魔の辞典』とかの例が思い浮かぶであろう。しかしこれらは著者個人のひねくった意見をあつめたものにすぎない。『珍説愚説辞典』のように、ひろく古今東西の著者の意見、しかも著者自身が大まじめに披瀝している意見をあつめたものとは、まるでちがう。皮肉の度合は、それぞれの著者が無意識であるだけに、こちらのほうがはるかに強いといわねばならぬ。

ナンセンスの詩や散文をあつめたアンソロジーとか、古今のミスティフィカトゥールの言行をあつめた辞典とかいったものも、フランスその他でいくつか刊行されているが、これらも個々の作者が意識的であるという点で、『珍説愚説辞典』とは大いに性質を異にする。『珍説愚説辞典』に収録されているローマ法王や動物学者は、別にひとを笑わせようとしているわけではなく、あくまで大まじめに自説を開陳しているのだ。だからこそ、おかしいのである。

さらにいくつかの例をあげてみよう。たとえば、こんなのがある。

「横隔膜」という項で、小見出しには「笑い死に」とある。作者は『博物誌』のプリニウスである。

「ひとは横隔膜に鋭い反応力を認めている。横隔膜に肉がなく、筋ばって薄いのは、そのためである。また横隔膜は陽気な気分の中枢でもあって、その近くにある腋の下をくすぐってみれば、その効果はすぐ現われる。人間の皮膚のうちで、ここ以上に敏感な場所はない。くすぐったさのいちばん感じられる場所が、ここなのである。戦場や闘技場で、横隔膜を槍に刺しつらぬかれたひとが、笑いながら死んでゆくのはしばしば私たちの目撃するところである」

なんとまあ、見てきたような嘘を書くものだろうかと、私たちはつくづくあきれてしまう。しかしプリニウス自身には、嘘をついているという意識は毛頭なかったにちがいない。プリニウスはローマ時代の博物学者だが、よく嘘八百をぬけぬけと並べたてる無意識の才能に恵まれていたから、その片言隻句がこの辞典にはずいぶん多く採用されている。

「両性の結合」という項には、「嘆かわしい弱点」という小見出しがついている。筆者は『医師の宗教』の著者トマス・ブラウン。十七世紀のひとである。

「私はこれまでに一度も結婚したことがなく、また再婚しないひとの決意を大いに称讃するものだ。人間が樹木のように、性交という俗悪かつ陳腐な手続きなしに繁殖することができるならば、どんなによかろうかと私は思う。両性の結合は、良識のある人間があえてする、もっとも滑稽きわまる行為というべきであろう」

それはそうかもしれないが、このブラウンの意見、こう真正面からきめつけられると、しらけてしまうような気がしないでもない。ただ私にいわせれば、「人間が樹木のように」というところがすこぶるおもしろい。さすがにブラウンではある。

もう一つ、「怒り」という項を引用しておきたい。小見出しには「いかにして怒りを克服するか」とある。筆者は十九世紀の女流小説家で、教育家としても知られるジャンリス伯爵夫人。「腹の立つような気分になってきたら、ただちに口をつぐみ、一言もしゃべらず、自分の部屋に閉じこもるがよい。ひとりきりになったら、冷たい水のコップにあなたの指環をこっそり投げ入れて、パンテフィラデルミレジダルネジュルメジドレという文句を九回、ゆっくり繰りかえして唱えるがよい。それから指環をコップから取り出して、コップの水をぐっと飲むがよい。あなたは完全に平静を取りもどすことができるだろう」

こうしてみると、どうやら強固な信念のあるひとの文章ほど、のちの時代になって読みかえしてみると、読むひとに否応なく滑稽感をそそり立てるもののように思われる。宗教家とか教育家とかいったひとの文章は、だから、とくにおかしいのである。政治家の文章も科学者の文章も、それなりにおかしい。まあ、いちばんおかしくないのは、あまり名誉なこととも思われないが、なにも信じていない文学者の文章であるかもしれない。

消えたニールス・クリム

平凡社の「大百科事典」全十六巻が出たので、気ままにぱらぱらとページを繰っては、目についたところを拾い読みしたり、あるいは特定の項目を引いてみたりしている。こちらの期待を裏切って、お目あての項目が出ていなかったりすると、なにか苛立たしいような気分になる。そんなことがあってよいものか、といった気分になる。

そういう例を一つ挙げておこう。第十三巻にホルベアの項目がある。ドイツ語読みにすればホルベルクで、十八世紀デンマークの大文学者として知られた人物だ。このひとの小説に、ラテン語で書かれた『ニールス・クリムの地下旅行』という作品がある。フランスの啓蒙主義者がよく書いたような、当時の社会や宗教を諷刺した一種の空想旅行小説で、スウィフトの『ガリヴァー旅行記』に刺激されて書かれたといわれている。非常におもしろい小説で、私の愛読書の一つだといってもよいだろう。

ところで、「大百科事典」のホルベアの項目をいくら目を皿のようにして眺めても、この『ニールス・クリムの地下旅行』についての言及がまるでないのである。一言半句の言及もない。「おかしいな、そんなはずはないぞ」と私は思った。ちなみに執筆は岡田令子氏である。

念のために平凡社の旧版の「世界大百科事典」を引いてみると、こちらは山室静氏の執筆で、もちろん『ニールス・クリムの地下旅行』はちゃんと出ている。私の記憶は間違ってはいなかった。どうして今度の新しい「大百科事典」には出ていないのか。まことにもって理解に苦しむところである。

旧版では、ホルベアの項目は五十八行を費してたっぷり書かれているのに、今度の新版では約半分、二十六行しかない。おそらくそのために、執筆者には『ニールス・クリム』について書くだけの余裕がなかったのだと思うが、いったいどうしてホルベアの項目を半分にけずってしまったのか、という疑問は依然として消えない。

また、かりに編集方針で半分にけずられてしまったにせよ、世界文学の歴史に重要な地位を占める『ニールス・クリム』の名前までけずってしまってよいものだろうか、という疑問が残る。

なるほど、たしかに現代フランスの百科事典「二十世紀ラルース」や「グラン・ラルース」のホルベアの項目には、『ニールス・クリム』の名は出ていない。しかしそれはフランス人の頑迷さであって、そんなものをまねする必要は少しもなかろう。私が何より残念に思うのは、せっかく山室靜氏が先鞭をつけたものを、どうして後進の者がむざむざ捨ててしまったのか、ということだ。

平凡社には全八巻の「世界名著大事典」というのがあるが、これには『ニールス・クリム』はちゃんと出ている。執筆は尾崎義氏。そのほか日本で刊行されている文学事典とか人名事典とかにも多く『ニールス・クリム』は出ているのに、平凡社の「大百科事典」にかぎって出ていないというのは、私には何ともさびしいことである。

祈るような気持で第十六巻の索引にあたってみたが、やんぬるかな、ここにも『ニールス・クリムの地下旅行』の項目は見あたらなかった。ということは「デンマーク文学」の項目でも「ユートピア文学」の項目でも、完全に無視されてしまったということであろう。こんなことがあってよいものだろうか。日本でもっとも権威があるとされる百科事典から、私の年来の愛読書の名前が消えてしまったのである。

ああ、おれの愛するニールス・クリムよ、きみは今日の日本の知識人から、これほどまでに軽く見られているのか。これほどまでに無視されているのか。——そう思って、私は暗澹たる気持にならざるをえなかった。

SFの先駆とも考えられるホルベアの『ニールス・クリムの地下旅行』については、前に

「マルジナリア」というエッセーのなかに、その内容をごく簡単に紹介したこともあり、また最近では『澁澤龍彥コレクション』の第二巻『オブジェを求めて』と第三巻『天使から怪物まで』のなかに、それぞれ短い断片を引用しておいたから、興味のある方は参照されたい。ヨーロッパの十七世紀および十八世紀は、空想旅行小説が大いに栄えた時代であった。

古くから地球空洞説というのがあるけれども、ホルベアの空想した宇宙もそれに似て、コペンハーゲンの大学生ニールスが落ちこんだ地中の穴は無限に深く、無限に広く、周囲に大小さまざまの恒星や遊星が輝いている一つの宇宙空間であった。ガリヴァーが海を旅行するとすれば、ニールスはこの地球の内部の宇宙空間を旅行する。これだけでも、数ある当時の空想旅行小説として、出色のものであることが理解されよう。

私はむかしから空想旅行小説というのが大好きで、十七世紀のシラノ・ド・ベルジュラック『日月両世界旅行記』やドニ・ヴェラス『セヴァランブ物語』からはじまって、ポー『アーサー・ゴードン・ピムの物語』やメルヴィル『マーディ』やドフォントネー『カシオペアのプサイ』までを読みちらかしてきたものであるが、案ずるに、このジャンルは純粋なユートピア小説とはやや違って、悪漢小説と博物誌とをつき混ぜたようなところがある。セルバンテス『ペルシーレスとシヒスムンダの苦難』やサド『アリーヌとヴァルクール』などをこれに加えてみれば、その特徴はますますはっきりするであろう。

考えようによっては、マルコ・ポーロ『東方見聞録』やカモンイス『ウズ・ルジアダス』のような現実の旅行記さえも、このジャンルに加えることは十分に可能なのである。現実の旅行記とはいえ、彼らは好んで博物誌的な大ぼらを吹いて、読者の好奇心を惹くことをめざしていたからである。

現代の作家のなかで、このジャンルに俊敏な目をそそいでいるのは、あの『マルコ・ポーロの見えない都市』を書いたイタロ・カルヴィーノではあるまいか。

つい最近、日本で翻訳が出たばかりのアルフレッド・ジャリ『フォーストロール博士言行録』も、この空想旅行小説の一珍種と考えてよいかもしれない。いや、レーモン・ルーセルの『アフリカの印象』も、これに加えてよいのではあるまいか。こう考えてゆくと、このジャンルはどんどん領域をひろげて、ついには小説そのものと見分けがつかなくなってしまうような気もする。それでよいのだと思う。

「大百科事典」のページをぱらぱらと繰りながら、消えてしまったニールス・クリムを惜しみつつ、私はこんなことを考えるともなく考えた。

もっと幾何学的精神を——第一回幻想文学新人賞選評

幻想小説の概念もまちまちで、詮じつめれば好みの問題というところに行きついてしまう昨今の風潮である。古いとか新しいとかいったところで、「古いからおもしろい」「古いから好きなのだ」と開き直られれば、議論はそこでストップしてしまう。「物語」がどうのこうの、「テクスト」がどうのこうのと新しがってみたところで、おもしろくない小説はだれも読みはしないだろうし、おもしろければ、そんな小賢しい理窟は吹っとんでしまう。

「幻視の文学」と銘打った作品募集であっただけに、今度の応募作品のなかには、一般の小説とは一味ちがった、現実の奥に別の現実を垣間見たものだとか、寄木細工のように凝ったものだとか、あるいは華麗な文体や措辞のものだとかを発見することができるのではないかと期待したが、残念ながら、その期待は裏切られた。夢みたいな雰囲気のものを書けば幻想になると信じこんでいるひとが多いようだ。もっと幾何学的精神を！　と私はいいたい。明確な線や輪郭で、細部をくっきりと描かなければ幻想にはならないのだということを知ってほしい。

それでも最優秀作を一篇、入選作を二篇、それに佳作を数篇選ぶことができたのは、まあまあ今度の作品募集の収穫だったと私は思っている。以下に個々の作品について述べよう。

「少女のための鏖殺作法」はSFアニメみたいな寓話風の作品で、私は見ていないが、評判の「風の谷のナウシカ」なんていうのは、これに近いんじゃないかなと思った。しかし何よりも好ましいのは、文章が明晰で分りやすく、いいたいことを最小限の言葉で表現しえている点だろう。醜い母性原理が支配している国に、美しい男性原理を体現した悪魔がまぎれこみ、まだ母になる前の若い妖精を使嗾《しそう》して、この忌わしい国を破壊にみちびくという主題も、幼稚ではあるが納得できる。母性原理が若者を圧迫している今日のような時代に、こういうアレゴリカルな作品の書かれる必然性も納得できる。

「釣人」は、私よりも中井英夫が強く推した作品である。私としては、田舎の葬式の描写がもう少し何とかならないものか、という気持が強い。最後の釣人出現へ持ってゆくために、もう少し途中の文章なり描写なりに工夫があったら、ずっと出来映えがよくなったろうと惜しまれる。素直な文章は美点だが、素直すぎるのも困る。

「緑の壜」はイナガキ・タルホ風、あるいはダンセイニ風といってもよいような、軽やかな文体で一気に駆け抜けた、しゃれた大人の作品である。文学的な香気を感じさせる点では、この作品が随一であろう。ライプニッツなどという小道具をさりげなく使って、ちゃんとさまになっているのだから、どうしてなかなか凡手ではない。これを最優秀作としても異存はなかったのだが、ただ手なれた作であるだけに、たとえば「少女のための鏖殺作法」のような、ひたむきさに欠けるところがある。それで最優秀作とするのを私はためらった。

「あらかじめ失われた恋人よ」は、文体といい構成といい、応募作品のなかではいちばん凝っている。よく読むと、中井英夫の影響（あるいは悪影響というべきか）が歴然としているから、中井さんとしては選びにくかったのではあるまいか。しかし、これでは中井作品の足もとにも及ばない。いたずらに言葉と観念を空転させるよりも、まず幾何学的精神を養うことをすすめたい。最後のどんでん返し（つまり狂気の自己の発見）も、精神分析映画などによくある手だ。書けるひとだと思うから、少々きびしすぎることをいっておきたい。

「ざりがに」は、よくいえばカフカ風なところがあり、会社の慰安旅行だの社内報だのといった日常的な細部に、へんにリアリティーがあっておもしろい。非現実的観念的な物語ばかりが多いなかで、こういう現実社会に立脚した不条理の幻想は、それだけでも珍とするに足りる。ただ構成に難があり、最後の変身にいたる過程も描写力不足でよく分らないのは惜しい。

「毛のふさふさした動物の不思議な味」は、よくいえば十八世紀フランスの哲学小説に似た味わいの作品である。最後にウーを食った船長が、中断していたウーの話を自分の口から語り出す場面では、あっと驚いた。この最後の落ちのような場面がなかったら、この作品はそれほど見るべきものとはならなかったろう。

二十篇ばかりの最終候補作品を読んで気がついたことを一つ二つ書いておくとすれば、どういうわけか、小さな虫のような人間をひねりつぶすとか、子どもを殺すとか、死体を食うとかいったイメージの出てくる作品がやたらに多くて、私は首をひねったものだ。それに奇妙な虫とか動物とかの出てくる作品も多かった。これが一九八五年の現実とどう係わるのかは、私には何ともいえない。

ふたたび幾何学的精神を——第二回幻想文学新人賞選評

前回の幻想文学新人賞の選考のときは、当方の期待がいくぶん大きすぎたためか、いずれも粗雑で幼稚な作品のように見えて、ひどくがっかりさせられたことをおぼえているので、今回はあんまり期待しないように、最初から用心して読みはじめた。といっても、決して今回の応募作品を軽く見たわけではない。ただ当方のあたまを冷やして、しかるのち読みはじめたというにすぎない。

前回の選評で、私は「もっと幾何学的精神を！」と書いた。幻想文学というと、なにか夢のような、もやもやした雰囲気のものだと思いこんでいるひとが、あまりにも多いように見受けられたからである。ダリの絵でもいい、あるいは「幻想文学」の表紙を描いている建石修志さんの絵でもいい、すぐれた幻想絵画を見ていただきたい。必ず明確な線や輪郭で、細部がくっきりと描写されていることに気がつくだろう。それと同じことで、幻想文学にも幾何学的精神が必要だということを私はいいたかったのである。幾何学的精神は、また論理と構築性といいかえてもよい。

あいまいな、もやもやした雰囲気の中を、ただ男や女がうろうろと歩きまわるだけの話をいくら書いたって、そんなものは幻想でも何でもありやしない。ぴんと一本の筋が作中を貫通して、部分と全体が有機的に支え合っていなければならないのである。このことは何度でも繰りかえして強調しておきたい。

さて、いろいろ不満は残ったが、今回も前回に劣らず、注目すべき作品を選び出すことができたのは喜ばしい。以下に個々の作品について述べよう。

受賞作となった「三号室の男」は、中井さんと私とが共にAクラスとして、すでに粗選の段階で推していた作品である。ちなみにいえば、前回の選考では、偶然にも中井さんと私の推す作品がほとんどすべて一致していたのに、今回は必ずしもそうではなくて、両者が一致してA

クラスにランクしたのは、この「三号室の男」のほかには「泳法」のみであった。

「三号室の男」は、筆づかいがいかにも年配者を思わせる、文章にも構成にも難のない作品である。定年前に会社をやめて離婚した男の、怠惰というか無気力というか、もう人間商売はうんざりだというような気持も、よく描かれていると思う。強いて欠点をさがせば、主人公の身にやがて起るであろうメタモルフォーズ（変身）が、半分くらい読みすすめると、読者の側に分ってしまうことであろう。つまり底が割れてしまうのだ。それからもう一つ、落ちついた筆づかいであるだけに、奔放な空想力に乏しいところが物足りないといえば物足りない。かつてモスラは東京タワーに繭をつくったものだが、この作品のメタモルフォーズの舞台は貧相なアパートの一室なのである。ちょっとわびしい。

佳作四篇中の「泳法」は、一見したところ、つげ義春の漫画のようでもあり、筒井康隆のナンセンス小説のようでもあり、なんとも形容しがたい奇妙な作品だが、ユーモアがあって読ませる。そして全篇に、やや大げさにいえば、因果物語めいた仏教的哀感がただよっているところが傑作である。作者はでたらめに書いているようだが、決してそうではなく、ちゃんと論理の辻褄が合っているのだ。

「異類五種」は、中井さんの粗選でAクラスにランクされていたのに、不覚にも私のほうでは推さなかった作品である。しかし読みかえしてみると、私の評価はぐんと跳ねあがった。鬼異から神異まで五種をあつめているが、比較的短い物異や孤異が、むかしの志怪の味わいがあって、私にはおもしろかったと申しあげておく。典拠があるのかどうか、私は知らない。

「虫づくし」は逆に、私が粗選でAクラスにランクしたところの作品である。小説らしい筋はほとんどなく、全篇が虫また虫をめぐる観察記録で、いわば散文詩のような趣きのものである。しかし、その虫の描写は偏執的で、作者の筆づかいは綿密かつ正確である。なんなら科学的といってもよい。そこで一種の乾いたポエジー(詩情)が生ずる。異色作として推賞に値すると私は思った。

「雪藤」は、同じ作者の「人形」と、どちらを選ぼうか迷ったものであった。安倍晴明を主人公とした「人形」のほうが短くて簡潔で、むしろこちらを選んだほうがよかったかな、とも思う。というのは、「雪藤」の筋はごちゃごちゃしていて、なんだか私にはよく分らないところもあるからである。もっと構成をすっきりさせて、人物の関係を分りやすくしてくれなければ困る。

選考を終えて気がついたことを一つ書いておくとすれば、今回も前回と同様、とびぬけて瞠目すべき新人はついに現われなかったな、という無念の思いである。まあ、それは望むほうが無理なのかもしれない。そういう時代なのかもしれない。とはいうものの、やはり一抹のさびしさが残ることは否めない。

ポルノグラフィー

ポルノグラフィーは密室でこっそり読むべきものだから、こんな雑誌に堂々と発表してはルール違反なのである。しかし現代はルールなんかすでにない時代で、そんなことをいってはいられない。どんどん書いてしまってもだれも文句はいわないだろう。

ベストテンのトップにサド侯爵の『悪徳の栄え』をあげたい。この小説についてはマンディアルグの次の評言を思い出しておこう。すなわち「イタリアの青空の下で、サディズムが楽しげに語られている小説」というのだ。私は明るいポルノが好きだから、このフランス十八世紀の豪華絢爛たる大暗黒小説(明るい暗黒小説というのは矛盾だが)を世界のポルノの古典として、まず第一に推賞したいのである。

ビアズレーの『美神の館』は、みごとにカットされた宝石のように美しい光を乱反射する小傑作である。騎士タンホイザーが女神ウェヌスの丘を訪れ、そこで歓楽のかぎりをつくす。その一つ一つのエピソードが凝りに凝った筆で簡潔に描写されている。繊細なビアズレーの黒白のデッサンを見たことのあるひとは、この画家がこんな小説を書いたのか、とびっくりするにちがいない。拙訳が近く光風社から再刊される予定である。

ポーリーヌ・レアージュの『O嬢の物語』は映画になったから御存じの方も多かろうが、映画と小説とはぜんぜん違うから、ぜひ一読をおすすめする。ポルノグラフィーとはギリシア語で「娼婦に関する文書」という意味であるから、この古くてしかも新しい女性心理の研究書には、いちばんふさわしい言葉であるかもしれない。

アンドレ・ピエール・ド・マンディアルグの『イギリス人』は、正確には『閉ざされた城の中で語るイギリス人』という。閉ざされた城の中で性の大饗宴が行われるというのが、古今東西のエロティック文学の鉄則のようなもので、考えてみると『悪徳の栄え』も『美神の館』も『O嬢の物語』も、ひとしく一種の閉ざされた城が舞台になっていることが分る。なお、小説『イギリス人』の圧巻というべきは、戦争中、ナチスの軍人に対して加える主人公たちの残虐のシーンであろう。

アポリネールの『一万一千の鞭』は、これまたエロティック文学の常套というべき一種の遍歴譚である。パリから旅順まで、一章ごとに各地で女を犯し殺人を重ねる主人公の大冒険譚は、現実ばなれしていて痛快きわまりない。劇画のように荒唐無稽なポルノだといえば、およその雰囲気は想像されようか。

ジョルジュ・バタイユの『マダム・エドワルダ』は、二十世紀の形而上学的ポルノとも呼ばれるべき作品。ちょっと難解で、辟易される方があるかもしれないが、なに短いものだから、すぐ読める。読んでから首をひねってみるのも一興であろう。

ジャン・コクトーの『白書』は、同性愛者だった作者の告白の書である。その点ではワイルドの『テレニー』、ジッドの『コリドン』などと同じ性質のものだが、いかにもコクトーらしい、しゃれたタッチの自伝風の書き方が私の気に入っている作品である。

フランク・ハリスの『わが性と愛』は、ばかばかしいほどおもしろい作者自身の恋愛遍歴譚で、どこまで本当だか分らない法螺《ほら》話の連続である。十九世紀末のヨーロッパ風俗の記録としても出色のものであろう。

ピエール・クロソウスキーの『ロベルトは今夜』は、これも難解きわまりない形而上学的ポルノの代表だが、わが谷崎潤一郎の怪作『鍵』を連想させるようなところがある。つまり夫と妻の日記を交互にならべて、毒殺と凌辱と神学論争の不道徳な物語を展開するのである。珍重すべき作として選んだ。

ピエール・ルイスの『アフロディット』は、これとはがらりと趣きを異にして、古代の異教世界の娼婦を扱っている。しかしルイスの描き出す女たちはモダーンで、世紀末の都会にあらわれてもおかしくないほど、しゃれている。端正で美しいポルノグラフィーの手本というべき作品である。ルイスの作としては、ほかに『三人娘と母』をリストに入れておいた。

以上でベストテンを終るが、それ以外のものについても簡単に記しておく。

十八世紀のフランスはエロティック文学の花ざかりで、ボードレールの名高い「好色文学がフランス大革命を準備した」という警句があるほどだ。サドをはじめとして、ディドロの『修道女物語』、クレビヨン・フィスの『ソファー』、ミラボー伯爵の『エロティカ・ビブリォン』、レヴェローニ・サンシールの『パウリスカ』、カサノヴァの『回想録』、レチフ・ド・ラ・ブルトンヌの『ムッシュー・ニコラ』、それにアンドレア・ド・ネルシアの『フェリシア』などが、このリストに入っている十八世紀フランスのポルノである。多士済々というべきだろう。

ポール・ヴェルレーヌの好色詩篇『オンブル』は、かつて池田満寿夫の絵とともに私の訳で発表したことがあるから、御存じの方もおられるだろう。「オンブル」はスペイン語で「男」のことで、これはホモセクシュアルを歌った詩集だと思えばよい。

日本の作品を五点、中国のを四点入れたところも苦心の作で、そのあたりをよく見ていただければありがたい。

GOOD 40

フランク・ハリス『わが性と愛』（富士見書房）
ピエール・クロソウスキー『ロベルトは今夜』（河出書房新社）
ピエール・ルイス『アフロディット』（河出書房新社）
クレランド『ファニー・ヒル』（河出書房新社）
ディドロ『修道女物語』（彌生書房）
クレビヨン・フィス『ソファー』（世界文学社）
アポリネール『若きドン・ジュアンの冒険』（学藝書林）
ヴェルレーヌ『オンブル』（出版21世紀）
スィウンバーン『フロッシー』（未訳）
スウィンバーン『ラウス・ヴェネリス』（未訳）
ミラボー『エロティカ・ビブリォン』（未訳）
ミュッセ『ガミアニ』（富士見書房）
ニコラ・コリエ『ルイザ・シゲアの対話』（三崎書房）
アレティノ『ラジオナメンティ』（角川文庫）
ピエール・ルイス『三人娘と母』（未訳）
サディ・ブラッケイズ『アリスの人生学校』（『奇譚クラブ』臨時増刊）
レヴェローニ・サンシール『パウリスカ』（未訳）
ウィルヘルム・マイテル『バルカン戦争』（未訳）
シュレーダー・デフリエント『ドイツ歌姫の回想』（富士見書房）
アンドレ・マルション『のみの浮かれ噺』（東京書院）
Ｅ・Ｄ『ロシア踊子の回想』（東京書院）
ヨゼフィーネ・ムッツェンバッヘル『ウィーン娼婦の自伝』（鷹書房）
ブラントーム『艶婦伝』（新潮文庫）
マーク・トウェイン『自慰に関する一考察』（未訳）
谷崎潤一郎『鍵』（中公文庫）
永井荷風『腕くらべ』（岩波書店）
永井荷風『四畳半襖下張』（未刊行）
オスカー・ワイルド『テレニー』（未訳）
平賀源内『長枕褥合戦』（『国文学・解釈と鑑賞』臨時増刊）
作者不詳『大東閨語』（南葵書房）
レチフ・ド・ラ・ブルトンヌ『ムッシュー・ニコラ』（筑摩書房）
作者不詳『金瓶梅』（平凡社）
李漁『肉蒲団』（第一出版社）
作者不詳『杏花天』（未訳）
ゴーディエ『女議長への手紙』（学藝書林）
テリー・サザーンＭ・ホッフェンバーグ『キャンディー』（早川書房）
アンドレア・ド・ネルシア『フェリシアあるいは私の過ち』（未訳）
カサノヴァ『回想録』（河出文庫）
Ｇ・ヴィトコップ『ネクロフィル』（未訳）
黒沢翁満『藐姑射秘言《はこやのひめごと》』（日輪閣）

中野美代子『中国の妖怪』書評

自分の名前に龍の字がついているので、私はドラゴンに特別の愛着をいだいている人間であり、ちょっとナルシズムの匂いがして嫌味かもしれないが、自著に『ドラコニア綺譚集』などという題をつけたこともあるほどだ。そういう人間にとって、中野美代子さんのこの本は、まるで作者が私のために書いてくれたのではないかと思われるほど、嬉しい本だった。

第二章に「龍の栄光と堕落」という部分があって、中国における龍という妖怪のイメージが、どういう経過をたどって生まれ、霊力あるいは魔力をおび、そして最後に衰退したかということが仔細に述べられていたからである。『中国の妖怪』（岩波新書）全四章のうち、この部分が私には、もっとも力のこもった章のように思われた。

この本のなかで中野さんが採用した、妖怪の「存在の論理」を追究するための方法は、私の見るところ、じつに簡単明瞭な方法である。

すなわちそれは観念優先の方法である。抽象衝動優先といってもよいかもしれない。中野さんは次のように書く。

「妖怪の定義は古来さまざまであるが、私はごくあっさりと、現実に存在する人間や動物や植物や、ときには鉱物などが、その現実の形態や生態をこえて、人間の観念に現前するもの、と考えておきたい。」

もしも妖怪学者のなかにプラトン派とアリストテレス派があるとすれば、中野さんは明らかにプラトン派であろう。中野さんによれば、妖怪とは「現実のなにかをモデルにして発生したものではなく、まず観念のなかから規範的に生まれ」るものだからだ。そういう見地に立って、まず文字のなかの龍と文様のなかの龍を綿密にさぐろうとする著者の目は、リアリズムではなく、人間のもっとも根源的なものとしての抽象衝動を大事にしようとする配慮にみちている。

「蛇の模写が抽象化されてS字形になったのではなく、もともと抽象的な図形に蛇が重なったのである」

と著者は書くが、私もその通りだと思う。

渦巻の神秘に打たれたことのないひとに、そもそも龍を語る資格はないと私は信じている。

つい今年の三月にも、東京国立博物館で、ボストンから里帰りした曾我蕭白の「仙人図屏風」を見て、その図のなかに描かれた、ワラビのおばけがぬっと天から降りてきたような、まっくろな渦巻にしたたか感動させられた私には、渦巻と龍との関係が身にしみて分るような気がするのだ。ある雑誌に私は次のように書いた。

「渦巻は、おそらく蕭白の頭の中においては、ミッチあるいは龍の運動と切っても切れない関係にあったのであろう。」

中野さんの本を読むと、こういう私の当てずっぽうな推測が、一つ一つ裏書きされるような気がして、それだけでも嬉しくなってしまう。

次の部分はどうしても引用しておきたい。

「文様と文字の起源は一つではあるまいが、しかし、線の運動は文様と文字のプロトタイプを接合させたり分裂させたりしたにちがいない。その実態について、私たちはまだなにも知ってはいないが、龍という妖怪が、このような線の運動のなかから生まれたことだけは、おぼろげながら知りえたところなのである。

文字、わけても漢字にひそむ一種の霊力あるいは魔力のごときものも、どうやらこの線のふしぎな運動性に由来するのではなかろうか。」

思わず龍のことばかり書いてしまって申しわけがないが、この中野さんの『中国の妖怪』には、そのほかにも中国の一角獣やら朱雀やら麒麟やら、あるいは人魚やら深沙神やら猿人やらといった、ヨーロッパの妖怪学や動物誌ではまず絶対にお目にかかれないような、蒼古たるタオイズム的ユートピアに棲息する幻獣がぞろぞろ登場してくるので、その方面の文献をつねづね渇望している妖怪好きの私たちには、まさに干天の慈雨ともいうべき書となっている。

永年、ヨーロッパの妖怪学や動物誌に親しんでいる私も、さすがに近ごろでは少し飽きてきて、東洋や日本に目を向けるようになってきている。しかし西洋にも東洋にも、なかなか自分が心から気に入るようなドラゴンの図像は少ない。

やはり龍は、そのいちばん原初のかたちとしての、単純な渦巻で表わされたものが最高なのではなかろうか、という気がしてくるほどである。

そういえば、ウッチェロの龍が尾をくるくると巻いていたのを思い出す。

ドミニク・フェルナンデス『シニョール・ジョヴァンニ』他書評

ヴィンケルマンといっても、もう今では、この名前から一つの華々しいイメージを思い浮かべるひとは少ないかもしれない。その『ギリシア美術模倣論』は一世を風靡して、レッシング、ヘルダー、ゲーテ、シラー、ヘルダーリンのみならず、ウォルター・ペイターにまで影響をおよぼしたが、古典主義よりもむしろバロックだのマニエリスムだのが珍重されるようになっている今日では、少数のグレコマニアにのみ愛惜される名前となっているかもしれない。

日本でも、戦後の文学者でヴィンケルマンに傾倒したひとは三島由紀夫ぐらいのものではあるまいか。『禁色』のなかで三島は次のように書いている。

「エリスに依れば女は男性の力には眩惑されるが、男性の美については定見を持たず、むしろ盲目にちかいほど鈍感な点で、正常な男が男性の美についてもつてゐる鑑識眼と大差がない由である。男性固有の美について敏感なのは男色家に限られてをり、希臘彫刻の男性美の大系がはじめて美学の上に確立されるには、男色家ヴィンケルマンを待つ要があつたのである」

この文章には戯画化のニュアンスがあって、三島本人もまじめに書いたものとは思われないが、「男色家ヴィンケルマン」については、すでに古くから知られていたらしく、たとえばペイターのごときも次のように書いている。

「ヴィンケルマンがギリシア精神に対して感じていた親近性が単に知的なものではなく、もっと気質上の、より微妙な要素がそこに混っていたことは、彼が多くの青年と熱烈な交友をむすんでいた事実からも察せられる」

ペイターはまた、このヴィンケルマンについての文章のなかに、彼が晩年の友人フリードリヒ・フォン・ベルクに宛てた、熱烈な恋文のような手紙をも引用している。

さて、ヴィンケルマンはウィーンでマリア・テレジアから金銀のメダルを贈られ、ローマへ帰る途中、一七六八年六月八日、トリエステのホテルで暴漢アルカンジェリに刺殺された。これも有名な話である。一応、犯行の動機は物盗りということになっているが、当時から謎の事件として伝えられてきた。

フランスの現代作家ドミニク・フェルナンデスが一九八一年に発表した短い小説『シニョール・ジョヴァンニ』（田部武光訳、創元推理文庫）は、一九七一年に出版された犯人の裁判記録を基に、著者一流の精神分析学的想像力を駆使して、この事件を再構成しようとした知的な作品である。

芸術家や学者で、ヴィンケルマンのような死に方をしたひとはめずらしい。しかしそれが同性愛者となると、かならずしもその例に事欠くことはないような気がする。早い話が、私たちはただちにイタリアの映画監督パゾリーニの例を思い出すだろう。クリストファー・マーローの場合を思い出してもよい。あるいはジャン・ジュネの小説を思い出してもよい。その方面の専門家ともいうべきフェルナンデスが、そこに目をつけたのはむしろ当然だったといえる。

「同性愛とは、貴人やお偉方にだけ許された贅沢な気紛れなのだ。新興の市民階級は、自らを際立たせ、確立するために、徳と秩序、家族と生殖を重んじる。貴族の血を引かない同性愛者は、公然たる同性愛者とはなり得ないのだ。したがって、性質を変えざるを得ない。自然で陽気なものから、陰険で恥ずべきものへ、率直で赤裸なものから、人目を避ける、偽善的なものへと。恐怖、非合法性、苦悩、これが以後、生まれが卑しすぎて、その反秩序的性向をはっきり表面へ出せない者の宿命となる」

メクレンブルクの靴直しの息子という貧しい出自から、王侯貴族と付き合うことのできる一代の碩学にまで成りあがった十八世紀のヴィンケルマンを、フェルナンデスは「同性愛史における一時期を代表する存在」「やがて現われるあらゆる《恥ずべき者たち》の最初の例」と見る。なるほど、そういえば同時代のサド侯爵もウィリアム・ベックフォードも貴族あるいは富豪だったっけな、と私たちは納得したような気になる。

しかしどうも、前作『ポルポリーノ』（三輪秀彦訳、早川書房）でも同じことを感じたものだが、フェルナンデスという過激フロイト主義者は進歩史観にとらわれすぎているのではないかな、という気がしないでもない。歴史的観点よりも神話的観点から描かなければ、こういう種類の小説は感銘が薄くなるのではないかな、という気がしないでもない。

べつに関係があるわけではないが（いや、ないともいえないだろう）フェルナンデスの小説につづいて読んだ郡司正勝のエッセー集『童子考』（白水社）は、日本の文芸や芸能や民俗の領域から疎外され見捨てられた、侏儒だの蜘蛛だの蛙だの童子だの星だの瓢箪だの人形《ひとがた》だの百足《むかで》だの蛭《ひる》だの案山子《かかし》だの王子だの稚児だのといった、怨念の形態ともいうべき異形の人間や生きものやオブジェを扱っていて、すこぶるおもしろい。私もこういうテーマは大好きだし、かつて「童子について」というエッセーを書いたこともあるので、とりわけ興味ぶかく読んだ。

「芸能には、前表の力があり、世の亡びの予告を、しばしばしている。いや、芸能とは舞台で、前表《きざし》をみせるのが本源ではなかったか。その隙間に、反体制の抹殺せられた怨念の異形の化身が登場する。中世の能の幽霊劇は、体制者側の安堵のための成仏劇に仕立ててあるが、まだまだ浮かばれぬ身分の低いものの数が充満していたはずである」

「王子、若（稚児）、童子たるものが、いつも身代りに立つ《はたもの》として、とくに、年少なるもの、能力あるもの、美しいもの、あえかなるものの共通した称であったのではなかろうか。かぶきの反逆物の王子、身代り物の幼童は、やがては血祭りにあげられる社会の影の部分の、あの世とこの世の、境の紛れものであり、民衆の祭壇としての演劇は、それをかぶき化し、顕化したものではなかったか」

私のような読者には目から鱗が落ちるような文章だが、こういう一般化した結論めいた文章は、この『童子考』のなかに、きわめて少ない。著者はむしろ一般化を避け、結論を出すことを慎重に避けて、ただ具体的な事例を次々に示すにとどめるのである。決して大上段にふりかぶらず、いつも地上に目を這わせて、「冥界からの発信を装った民意の底に沈んでいる記号」を探し求め、拾いあつめ、読み解こうとするだけなのである。この本の貴重なところは、そこだと思う。

何かといえばすぐ一般化し結論づけ、たちまち観念の高みへ翔けあがってしまうような、荒っぽい民俗学や芸能史学はもうたくさんである。それよりも「瓢簞には、身を小さくするイメージがあって、小人との係りがあるのであろう。一寸法師のお椀の舟に箸の櫂は、この世話的な見立てで、本来は、瓠の舟であるべきではなかったか」といったような肌理の細かい洞察に、はっとするような新鮮な感動を私は味わう。

贖罪としてのマゾヒズム

ドミニック・フェルナンデスは近作『天使たちの饗宴』のなかで「バロックの三日月」ということを提唱している。

「ヨーロッパの地図を広げてみよう。バロック文明は一種の三日月を形づくっている。三日月の南西の先端はイタリア南部にあり、北東の先端はプラハの向うにある。この三日月の内部にローマ、ジェノヴァ、トリノ、スイス東部、ヴェネツィア、ドイツ南部、オーストリア、ボヘミアがふくまれる」

フェルナンデスの意見によれば、この地域は同時にまたオペラの発祥地でもあって、ナポリ、ローマ、ウィーン、ミュンヘン、ザルツブルクなどの都市を包括している。

いきなりこんな話題からはじめたのは、ほかでもない、フェルナンデスという作家がいかにイタリアを愛し、バロック芸術を愛しているかということを示したかったまでである。私が最初に読んで、大いに感心させられた小説『ポルポリーノ』も、十八世紀ナポリを舞台としたカストラート（去勢歌手）の物語だった。フェルナンデスは天使ということばを偏愛するが、天使もバロック芸術に縁のふかいものではないだろうか。

このたび岩崎力氏の翻訳で読んだゴンクール賞作品『天使の手のなかで』（早川書房）も、この作家のイタリア愛好、バロック愛好をはっきりと刻みつけた作品だった。

むろん、この小説は、一九二二年にボローニャに生まれ、一九七五年にローマに近いオスティアの海岸で、十七歳の若い前科者に殺された映画監督パゾリーニの生涯をたどったものであり、その背景は私たちも知っている戦前から戦後への現実のイタリア社会そのものであるから、一見したところでは、一種の想像的な伝記小説のように見えなくもない。しかし小説のモティーフは完全に個人的なものだ。次のような一節に、それはよくあらわれている。

「カラヴァッジョは作品のなかに自分の秘密をかくしていたのだ。彼が扮装に用いた仮面を少し持ちあげてみれば充分だった。図像学上の創出は、当の画家の自殺願望の秘密を明かしていた。十八歳の死刑執行人たちが偉大な創造者にどんな魅力を及ぼしていたかをぼくは発見したのだった」

主人公は二十八歳のとき、ローマのボルゲーゼ美術館で、バロックの創始者カラヴァッジョの「ゴリアテの首をもつダビデ」の図を見る。これが妄執となって、ゴリアテのように、カラヴァッジョのように、若い男に殺されたいという願望が芽ばえる。

前作『シニョール・ジョヴァンニ』もそうだったが、フェルナンデスの抱懐する同性愛の観念には、贖罪としてのマゾヒズムの傾向が分ちがたく結びついているように思われる。小説の結末で、主人公はついにこのカラヴァッジョ・テーマをみずから演出するにいたるのだ。

なにしろ二段組五百ページになんなんとする長篇なので、途中でいささかだれるのはやむをえないが、俄然おもしろくなるのは第三部、とくにダニロという少年があらわれて主人公と同棲する第四十章から以後である。つまり功成り名とげて有名人となった主人公が、スキャンダルにまみれ、あてどない現代社会に対する欲求不満から、徐々に破滅願望に取り憑かれてゆく部分である。

同棲すると書いたが、主人公がダニロを住まわせる家には、母もいっしょに住んでいるということに注意しておこう。母との共生はじつに強固なもので、主人公が最後にアルファ・ロメオで若い男をあさりに行く宿命的な日の朝も、母の目によって、彼自身のカラヴァッジョ・コンプレックスが無残にあばき出されるのだ。このあたりは作者のロマネスクな技巧を感じさせる部分だと申し添えておこう。

「結局はひとつに帰着する二つの矛盾――自分の失敗を認める苦々しさをかみしめながら、ぼくはそうひとりごちた。十一月一日の雨もよいの夜、荒れ果てたおぞましい空地にピノを連れて行く必要があったとすれば、それは自分の生のすべてを、充実したただひとつの生に調和させるのに今もって成功していなかったせいなのだ。ぼくにとって愛は依然として、息子とインテリという自分の二重の条件から脱け出して、名をかくしたまま、どこか離れたところで、あの一帯の汚辱のなかでこそなすべき何かなのだった。五十三歳にもなって!」

パゾリーニの肉身を借りた作者の悲痛な告白だが、これは多かれ少なかれ、現代に生きている私たちの胸にもぴんと跳ねかえってくるような性質のものではないだろうか。同性愛であると否とを問わず、すでに愛は匿名のなかでしか実現されないものなのかもしれないからだ。

河村錠一郎『コルヴォー男爵――知られざる世紀末』書評

忘れられた作家フレデリック・ロルフ、すなわちコルヴォー男爵は、もうずいぶん前から私の気になっていた人物のひとりだった。わが家の書庫をさがしてみたら、一九六二年にガリマール書店から出た『ドン・タルキニオ』の仏訳本が見つかった。しかし私は手に入れただけで、この十五世紀イタリアに材を採った歴史小説を今にいたるまで読んではいない。

最近、ヨーロッパでホモセクシュアルの研究書やら、ホモ作家のアンソロジーやらが続々と刊行されているが、気をつけて見ていると、その中にコルヴォー男爵の名前はほとんどかならず出てくる。どうやら彼は斯道の珍重すべき人物と見なされているらしく、マイナーな作家であればあるだけ、斯道のマニアにとっては、こたえられない魅力の発散源なのであろうと察せられる。

カトリックの信仰生活とデカダン的な快楽追求の両極に引き裂かれながら、ついにおのれの芸術を大成せしめることなく挫折したコルヴォー男爵は、あのワイルドやビアズレーや、さらにはフランスのユイスマンスなどと同じ時代の空気を呼吸していた、まぎれもない世紀末文学者のひとりであろう。河村錠一郎氏のエッセーを読んでまず私が感じたのは以上のようなことだった。

それからもう一つ、河村氏のエッセーを読んで、ゆくりなくも私が思い出したのはフォン・グレーデン男爵のことだった。

フランスのロジェ・ペールフィットが伝記小説を書いているが、一八五六年に生まれたドイツの貴族ウィルヘルム・フォン・グレーデンは、シチリア島をこよなく愛し、一九三一年に死ぬまで同島のタオルミナに住んで、ひたすら美しい少年のヌードばかり写真に撮ったディレッタントである。写真集『タオルミナ』がのこされているが、そこにあつめられた数々の美少年のヌードには、おそらくホモでないひとも魅惑されるだろう。

コルヴォー男爵は一八六〇年生まれ、グレーデン男爵より四つ若いが、やはり写真にはなみなみならぬ関心があって、ローマでは愛する少年たちのヌードを撮っているし、またヴェネツィアではヌードのペン画をものこしている。シチリアとヴェネツィア、南と北のちがいこそあれ、いずれもドイツ人やイギリス人のあこがれるイタリアの中でも、とりわけて逸楽的な匂いのする土地である。

残念ながらコルヴォー男爵の写真は、あのヴィスコンティの画面を思わせるグレーデン男爵の写真には及びもつかないけれども、ほぼ同時代に生きた世紀末のディレッタントが、いずれもカメラという当時の最新の表現手段をもって、おのれの美の理想を造形したいという野望をいだいたことは興味ぶかい。(小澤書店)

遠近法の小説――『ヘンリー・ジェイムズ作品集』推薦文

あまりにも有名な『ねじの回転』を読んだひとは、この季節はずれのゴシック小説の作者が、同時に唐草模様のように曲がりくねる精妙な心理の描き手であり、あたかも望遠鏡をのぞいたように、一定の視野のなかに、登場人物の行動や内面をくっきりと鮮明に拡大してみせる技法の持主であることを知らされるであろう。『ある婦人の肖像』の序文で、ヘンリー・ジェイムズ自身が、窓と望遠鏡の比喩によって小説の構造を説明しているが、たしかに彼はルネサンスの画家のように、遠近法によって世界を眺めるという技法を、徹頭徹尾、小説の構築のために応用して新生面を切りひらいた作家なのである。しかも、その構築された小説世界に奥行きがあって、表現された現実の背後に、いわば画布の背後から神秘の光がさしてくるように、もう一つの現実があることを暗示している点がユニークなのだ。

クロソウスキー『バフォメット』

推薦文

『バフォメット』は題材として中世のキリスト教異端を扱っているが、だからといって、これを歴史小説だなどと思ったらとんでもない間違いであろう。クロソウスキーは形而上学的ポルノグラフィーを書くために、舞台を中世異端の城中に設定したとおぼしい。神学論争のあいだに、怪獣にまたがって登場する両性具有の美少年だの、昆虫に変身する霊だのといった、アレゴリカルな奇怪なイメージがあらわれて、この小説を多彩な幻想絵巻たらしめている点も見のがせない。難解ではあるが、これは挑戦する価値のある難解さであろう。

マリオ・プラーツ『肉体と死と悪魔』推薦文

十九世紀ロマン主義文学の病理を摘出した書として、久しく私たちの枕頭に置かれていたマリオ・プラーツの名著『肉体と死と悪魔』が、いよいよ邦訳刊行されると聞いて、今昔の感をふかくしている。

世紀末デカダン文学を読み解くキーワードとして、今では私たちに親しくなっている「宿命の女」とか「つれなき美女」とか「アンドロギュヌス」とかいった語は、すべて本書によって市民権を得たといってもよいであろう。プラーツ教授の駆使する資料は十八世紀の聖侯爵から英仏伊の世紀末文学まで、さらにラファエル前派やギュスターヴ・モローらの画家にまで及んで博捜をきわめている。私はこのエロスとタナトスの象徴を散りばめたデカダン文学百科ともいうべき名著から、サドやユイスマンスやペラダンを追求するための、どれだけ多くのヒントを得てきたことであろう。

生きた知識の宝庫――「廣文庫」推薦文

「古事類苑」や「大日本地名辞書」とならんで、いまや「廣文庫」は私にとって欠くことのできない貴重な情報源となってしまった。ひとたび「廣文庫」に親しみはじめると、一種の中毒症状を呈してきて、やがてそれなしではいられなくなってくる。もしも「廣文庫」を奪われたら、私はおそらく禁断症状を呈するにちがいない。

まあ、それは冗談だとしても、あたかも酒や煙草に中毒するように、「廣文庫」を引くのは何よりも楽しいのである。原文がそのまま出ているから、さらに原本にあたって探求の手をのばすこともできる。それからそれへと縦横無尽に、過去の時間の中から知識を掘り出すことができる。百科事典ではとても満足させることができないような、生きた知識を素手でつかまえることができるのだ。

Ⅲ

江戸の動物画

アルタミラやラスコーの洞窟壁画の例によっても明らかなように、人類の最初の絵画的表現の対象は動物だった。イメージの創世記においては「初めに動物あり」というわけである。それ以来、洋の東西を問わず、絵画の歴史に動物はおびただしく登場する。ちょっと目ぼしいものを拾っただけでも、ウッチェロの馬、カルパッチョの犬、ピサネロの鳥、ピエロ・ディ・コシモの犬、デューラーの犀、ゴヤの闘牛の牛、ドラクロワの獅子、マネの猫、宗達の犬、それに「鳥獣戯画」などが思い浮かぶ。変ったところではローラント・サヴェリのドードー、郎世寧の馬なんてのも、この世界の動物絵画の目録に入れておくべきかもしれない。

「デューラーの好奇心は万物に対して飽くことがなかった。それは日常的な世界と異国趣味の世界とを包含していた。彼の動物のデッサンには分析的な特質があって、彼はあたかも自然物の構造を探究するための科学技術として芸術を利用したかのようであった」と書いているのは『動物と人間』(一九七七年)の著者ケネス・クラークである。実際、デューラーの博物学的好奇心は果てしがなく、獅子を描き、駝鳥を描き、兎を描き、海象《せいうち》を描き、蟹を描き、そして犀を描いた。このデューラーの犀については、私は前にも一文を草したことがあるけれども、これから論ずべき日本の十八世紀の博物学の時代とも関連がないわけではないので、ここにふたたび簡単にふれておきたいと思う。

あれほど観察を重んじたデューラーが、犀だけは実物を見たことがなく、ポルトガルの無名の一画家がスケッチしたものを、そのまま精密に木版画として再現したのである。そのために、デューラーならではの迫力はあっても、いくつかの不正確な点が生じた。鎧のような皮膚にぶつぶつ腫れ物みたいな斑点がある点と、背中の上に小さな角がある点である。この誤りはコンラッド・ゲスナーの『動物誌』(一五五一年)にも踏襲され、ヤン・ヨンストンの『動物図譜』(一六六〇年)にもそのまま引き継がれた。だから、寛文三年(一六六三年)に長崎の蘭館長が将軍に献上したヨンストンの一本を見て写したらしい谷文晁の図にも、この誤りはそっくりそのまま引き継がれたのである。

ポルトガルのリスボンから日本の江戸まで、何人かの画家の絵筆によって描き継がれ、流れ流れてたどりついた犀のイメージは、このように実物の犀とはいくらか違った、異様な甲冑を身に鎧った犀であった。東西文化交流上のおもしろいエピソードである。

このヨンストンの『動物図譜』の別の一本は平賀源内が明和五年(一七六八年)に苦心して手

に入れていたので、源内と交友のあった宋紫石が、そのなかの獅子の図を模している。獅子の模写といえば、やはり同時代の石川孟高がオランダの版画から模したものも知られている。いかに観察が大事だとはいえ、見たことのない動物は模するほかなかろう。若冲がその「虎図」にみずから賛して、「われ物象を画くに真にあらざれば図せず、国に猛虎なし、毛益にならって模す」と記したのも、この間の消息を語ったものと解することができよう。ただし若冲自身はおのれの方法に自信があったから、実物を見ないことに一向に痛痒を感じていなかったにちがいない。

円山派の応震はずっとのちの寛政二年（一七九〇年）の生まれだから、その珍しい「駱駝図」も実物を見て描いたものと思われる。「文政七年甲申暮秋、応震真写」という賛があるが、『甲子夜話』その他の記録によれば、文政四年（一八二一年）にオランダ人が二匹の駱駝を長崎に舶載、これを日本人の香具師が見世物として連れて歩いて全国を巡業、文政七年の秋には江戸に入っていたという。すでに十九世紀、日本では幕末であった。

しかし日本の博物学の時代は、享保の洋書解禁から三十年ばかりをへた、田沼時代と呼ばれる消費生活と文化の新機運の勃興の時代に始まったと見るべきだろう。ちょうど十八世紀の後半以後である。ヨーロッパの十八世紀も博物学の時代だが、必ずしも日本とのあいだに並行関係を見るにはおよぶまい。第一に、ヨーロッパの博物学は根がふかく、ギリシア・ローマの昔は問わぬにしても、すでに十六世紀から活動をはじめているからである。これに対して日本の博物学は、おそらく江戸時代の初め、慶長十七年（一六一二年）に林羅山が李時珍の『本草綱目』を紹介したことによって、その種が播かれたと見るべきではあるまいか。もっとも、本草学に類するものまで博物学と呼ぶならば、ヨーロッパにはすでに中世から、その伝統があったといえるにちがいない。

石川淳は「譜」というエッセーのなかで、「江戸の博物学が文人の遊戯よりおこったといっても、さして見当ちがえではないだろう」と書いている。文人の遊戯、すなわち中国に由来する随筆の思想、譜の思想である。必ずしも『本草綱目』でなくても、中国から舶載され、江戸の文人のあいだに広く読まれていた譜と呼ばれるべき書物はたくさんあったであろう。これが土台になって、その上にヨーロッパ流の観察の方法が築きあげられたことは疑いえまい。

中国渡りの譜の思想に親しんでいた田沼時代の文人や画人にショックをあたえたのは、蘭学であり西欧科学の体系であったのは申すまでもないが、何よりも視覚的イメージとして彼らの目に否応なく飛びこんでくる洋書の挿絵、すなわち遠近法や陰影法のある銅版画であった。西洋の銅版画を見て影響を受けた画家と受けない画家とのあいだに、はっきりした差ができたのは当然であった。そういう観点から眺めれば、傾向は違うがそれぞれ様式化への志向が目だつ若冲も蕭白も芦雪も抱一も其一も、決して当時の前衛とはいえないであろう。むしろ彼らは時代の趨勢にそっぽを向き、おのれの内なる伝統を奇妙な方向へ発達させた、マニエリストと呼ばれるべき連中であろう。

しかし彼らにも、写実への志向がなかったとはいえない。私はかねがね思っているのだが、江戸琳派と呼ばれる抱一《ほういつ》および其一《きいつ》こそ、日本で初めて植物の品種を見る者にそれと分るように、写実的に描いた画家なのである。抱一や其一の描いた植物は、すべて私たちが植物図鑑を見て同定することのできるものばかりである。今度のプライス・コレクションの展覧会には其一の美しい「貝図」も出品されているが、これも完全に同定可能であろう。

幕末の長崎にはシーボルトの専任絵師となった川原慶賀のような異色の動物画家もいるが、プライス・コレクションを見て驚くことは、コレクターの趣味もあってか、そこに意外に動物を描いた作品が多いことであろう。とりわけ若冲の「紫陽花双鶏図」は絶品で、多くの若冲の鶏図のなかでも最高のものであろう。先年、ボストン美術館の「鸚鵡図」を見て、その奇抜さに仰天した私は、ここにふたたび若冲芸術の神髄を見たように思ったものだ。

いままでふれなかったが、長沢芦雪の牛と象を描いた「黒白図屏風」も、茫洋としていておもしろい。べつに似ているというわけではないが、養源院の宗達の杉戸の白象を私は何となく思い出したものだ。そういえば、象も享保十三年（一七二八年）に渡来し、翌年には江戸で将軍に対面したのは有名な話である。

加納光於　痙攣的な美

栄画廊という銀座の小さな画廊で、加納光於の作品に初めてお目にかかったのは、たしか昭和三十四年（一九五九）一月のことではなかったかと思う。雨の日だったとおぼえている。「燐と花と」「焔と谺」「王のイメージ」などという作品のシリーズが出品されていて、私はその痙攣的な美に息をのんだ。ルドンでもなく、エルンストでもなく、駒井哲郎でもなく、あきらかに新しい加納光於独特の物質的想像力ともいうべき、金属の腐蝕から生まれた幼虫のようなイメージが画面に躍動しているのを見たからである。

南画廊での最初の個展がひらかれたのは、それから一年後の昭和三十五年（一九六〇）五月、すでに加納光於はユーゴの第三回リュブリアナ国際版画展で受賞していて、一部に異色銅版画家として注目されているころだった。この個展も、私にとっては衝撃的だった。そのときの出品作品には「風・予感」「谺」「微笑」「花・沈黙」「イプノス」「ロートレアモンに」などがあったが、とくに「微笑」や「谺」には文字通り震撼させられた。

その当時、まだ三十二歳の若かった私は「この巨視的な、そして微視的なヴィジョンの化学作用、ポエジーを父とし、金属を母とした錬金術的な婚姻」などと舌たらずな批評文を某誌に書いたのをおぼえている。舌たらずではあったが、加納光於は喜んでくれて、私たちは一時、きわめて親密に交際した。六〇年代のなつかしい思い出である。

こういうかたちの出会いは、まずお互いに若くなければ無理だろうし、たまたま両者の抱懐する芸術理念の一致という幸運な偶然がなければ、さらにむずかしかろう。そういう千載一遇の機会にめぐり合ったことを、今にして私は嬉しく思うものだ。

ここに書いた「王のイメージ」「微笑」それに一九六二年度の「火山の花」という銅版画作品を、私は今でも部屋の壁にかけて、日夜、飽かず眺めている。これらは加納光於の作品にはちがいないが、同時にまた、いささか不遜な言辞を弄するならば、私自身の芸術理念の出発点に位置する作品でもあるかのような気がしてならないのである。

金子國義画集『エロスの劇場』推薦文

ノスタルジックな少女たちの嬉戯する場面を好んで描いていた金子國義の絵に、暴力的な血と小便と精液の匂いがただよい出したのは、比較的最近のことだ。以前は男性がシャットアウトされていたものだが、これも最近では、金子好みの美青年の登場という事態を迎えている。しかし甘美で残酷な、みだらで純粋な、稚拙なようでいて計算されつくした、時間の停止した白昼夢の世界であることに変りはない。金子國義のセンスのいいことは無類で、あれよあれよと見るまに、彼は現代日本のもっとも独創的な画家たるの地位を占めてしまった。私はただ瞠目しているほかない。

十八世紀　毒の御三家　スウィフト　サド　ゴヤ

「毒ある芸術」といえば、まず私の頭に思い浮かぶのはイギリス十八世紀のジョナサン・スウィフトである。『ガリヴァー旅行記』、とくにその中の「フウイヌム国渡航記」は、人間に対するもっとも痛烈な嘲笑であろう。アンドレ・ブルトンが『黒いユーモア選集』のトップにスウィフトの『奴婢訓』と『貧家の子女を社会的に有用ならしめんとする方法についての私案』を置いたのは、当然だったと思う。

次に思い浮かぶのは、同じく十八世紀フランスのサド侯爵の名前である。サドの厖大な作品の中から、さあ、なにを挙げたらよいだろうか。『悪徳の栄え』でも『ジュスティーヌ』でも『ソドム百二十日』でもよいが、すべて今日においてもなお「毒ある芸術」として、古今東西の芸術作品の極北に位置しているといえるだろう。現在、表現の世界にもタブーはどんどん無くなってゆきつつあるが、サドだけは、まだ完全にタブーの対象たることから免れてはいないように見える。

どうも十八世紀ばかりがつづくようだが、造形美術の世界でもっとも「毒ある芸術」と呼ばれるにふさわしいのは、やはりスペインのゴヤではないかと私は思う。サドとゴヤが同時代人だったというのは、考えてみると不思議のような気がする。ゴヤもまた、サドやスウィフトと同じように、その生涯に幾度となく、あの性病理学の極北ともいうべきカニバリスム（人肉食）のイメージを描き出した。有名な「カプリチョス」のなかで、「理性の眠りが怪物を産む」とゴヤはいったが、おしなべてゴヤ作品には悪夢の雰囲気がある。人間の美しい夢を嘲笑し、悪夢こそ現実だと主張するのが「毒ある芸術」ではあるまいか。

とくにゴヤが齢七十三歳で、マドリッド郊外のいわゆる「つんぼの家」に隠棲してからの作品、一般に「黒い絵」と呼ばれている作品は、この画家が生涯の果てに行きついた、陰惨な幻想の極限ともいうべき作品だと思う。これほど希望や救いの影のまったくない、ただひたすら暗いばかりの絵画作品は、美術史上にも絶無だろうと思う。これを「毒ある芸術」と見てよいかどうかは疑問だが、いずれにせよ人間不信のペシミズムの最大なるものであることだけは確かだろう。

十八世紀の御三家ともいうべきスウィフト、サド、ゴヤを挙げてしまうと、あとはもう、どうしても小粒になってしまう。

十九世紀に目を転じて、ボードレールやロートレアモンの詩、リラダンの短篇、あるいはデカダンスの毒という意味で、ビアズレーやフェリシアン・ロップスの絵画などが思い浮かぶが、やはり十八世紀の巨匠には及ぶべくもない。

さて、芸術に毒は必要か。私は必要だと思う。食物に塩味を利かせるように、芸術にも毒の味をうっすらと利かせることが、つねに必要とされるのではないかと思う。毒の味の利いていない作品は、いわゆる通俗的な作品だと考えて差支えないだろう。

なぜ毒が必要なのか。さあ、この質問に答えるのは非常に厄介である。私としては、無責任かもしれないが、ただ人間性には暗黒面があるから、とだけ答えておこう。もしも芸術が人間を映し出す鏡だとすれば、当然、そこには人間の暗黒面も映っていなければならない。ふだんは気がつかない人間性の秘密を、否応なしに自分の中に発見させられ、ぎょっとするような自分のすがたを鏡の中に直視させられる。それが芸術の効果なので、その働きは毒の効果にひとしいのである。

日本の文学作品について述べれば、上田秋成の『春雨物語』や荷風の『断腸亭日乗』や谷崎の『武州公秘話』には強烈な毒があると思う。美術作品ではちょっと思いつかないが、曾我蕭白とか長沢芦雪とか岩佐又兵衛とか、あるいは歌川国芳とか葛飾北斎とかの作品に、知られざる「毒ある傑作」が残っているのではあるまいか。先日、私は「ボストン美術館所蔵日本絵画名品展」で、何点かの蕭白を見て、その奔放な筆致にすっかり舌を巻いてしまったのである。

ルドン「ペガサス」

ペガサスはギリシア神話に登場する有翼の天馬。ルドンだけでなく、当時の多くの象徴派の画家たちが好んでテーマとした、気品のある神話の怪獣である。しかしルドンはとくに馬が好きだったようで、このパステル画以前にも、リトグラフや油彩で何点かペガサスを描いている。

このパステル画の天馬は、何よりもまずルドン後期の特徴とされる華麗な色彩によって注目すべきであろう。緑と青の系統によってぼかされた夢のような空を背景に、黄色っぽい翼をはためかせた一匹のペガサスが濃い茶色の岩山の上に立ち、後脚でおどりあがっている。この場面は何をあらわしているのだろうか。

いずれギリシア神話によって解釈されることだろうが、私たちがこの絵を鑑賞する上に、そんな解釈は必ずしも必要ではあるまい。のちの作品に、やはり馬を描いた「アポロンの車」などというパステル画があるところを見ても、ルドンは空を翔ける馬に託して、官能や生命力に対するおのれの夢を語りたかったのだろうと想像されるからだ。

序　モリニエ頌――『ピエール・モリニエ』

デュシャン、ダリ、ブニュエル、ベルメールとつづいてきたシュルレアリスム系統のスキャンダリストたちの、おそらく最後を飾る最大のスキャンダリストがピエール・モリニエではあるまいか。

一九七六年三月三日、七十六歳のモリニエはピストルで自殺をする覚悟をきめると、ボルドーのアパルトマンの自室のドアに「私は自殺する。鍵は管理人の部屋にある」と書いた紙片を貼りつけて、悠々と愛用のピストルの銃口をおのれのこめかみに当てたという。死後、その遺体は解剖用として病院に、その愛猫は友人たちに遺贈するという趣旨の遺書が発見された。

一九七六年といえば、すでにアンドレ・ブルトンが死んで十年後だが、よしんばブルトンが何といおうと、このモリニエのあっけらかんとした自殺は、もっともシュルレアリスト的な行為として賞讃されるに値するものではないだろうか。

私がモリニエの画業に親しむようになったのは、もう三十年近くも前からのことである。ただ、最初のうちはもっぱら油彩や版画やデッサンが目にふれるのみで、あのモリニエ独特のフォトモンタージュの全容を知るまでにはいたらなかった。モリニエのフォトモンタージュの神髄にふれることが出来るようになったのは、かなりあとのことといわねばならぬ。最初のフォトモンタージュ集は一九六八年の『シャーマンとその創造物たち』であったが、それよりも一九七九年、モリニエの死後にボルドリ書店からイマージュ・オブリック叢書の第四冊目として刊行された黒い表紙の本『百枚のエロティックな写真』は衝撃的であった。このたびの美蕾樹における モリニエ展に出品される作品も何点かふくまれていたが、それらの写真はいずれも画家本人をモデルにして、靴と靴下とガードルと仮面の扮装によって構成した、異様な両性具有の人物をあらわしていたのである。

モリニエが女の脚、ストッキング、靴、ガードルなどといった対象にフェティシスト的愛着をいだいていることは、いまさらいうまでもないことであろう。彼はそれらをカンヴァスの上に表現するだけでは満足せず、みずからを被写体として、それらを身に帯びたすがたをすすんでカメラの前にさらそうと思いたった。ナルシシズム、ここにきわまれりというべきか。あるいは勃起男根をふりたて、あるいは女陰の割れ目をひけらかし、あるいはすべすべした白い臀部をゆすって、黒い仮面のかげから破顔一笑するモリニエの変幻自在ぶりは、禁止の一線をらくらくと踏み越えて、小ざかしい学者が定義する「性差」などというものを小気味よく笑いとばしているように見える。

さよう、モリニエは扮装好きだ。男根と女陰とを併せもった肉体に扮するために、睾丸の三つある肉体に扮するために、あるいは臀部が前に向いている肉体に扮するために、彼がいかなる工夫をこらしたかは知るべくもないが、こうした肉体の変形のために彼が嬉々として工夫をめぐらしたであろうことは十分に考えられる。ナルシシズムを全的に解放しつつ、彼はいつも白い歯を見せて笑いながらカメラの前に立っている。とても七十代の老人とは思えないほど、陽気なニヒリズムを傍若無人にまきちらしている。

「自分自身を表現すること、それがすべてだ。善き他者であるよりはむしろ悪しき自分自身であること」——モリニエ語録のなかには、こんなふざけたような箴言もふくまれているようだ。ナルシシズムと芸術とを和解させたのは、つねに芸術家にとって困難な課題であるはずだが、モリニエはそんなものを土足で蹴ちらしている。「芸術と呼ばれなくても一向に差支えありませんよ」と臆面もなく叫んでいるような作品がほかならぬモリニエの芸術であろう。

シュルレアリスムのことはふっつりと書かなくなってしまった私だが、このあいだはベルメールの死後発見の驚くべき緊縛写真のために序文を書き、このたびはモリニエの日本における初めての展覧会のために一文を草する仕儀となった。この八〇年代にまで、スキャンダルの精神が脈々と燃えつづけている証左であろうか。そうだとすれば、嬉しい次第だ。

加山さんの版画——『加山又造全版画集』推薦文

加山又造さんの芸術は、いまや日本画とか洋画とかいったジャンルの差を越えて、現代日本のもっとも繊細にして優美、豪奢にして艶冶な美を代表するものとなっている。なかでも版画は、その本質的な禁欲主義により、加山さんのモダーンでシャープな線の感覚が抑制されながら、いちばんストレートに発揮された世界ではないかと思う。裸婦から昆虫まで、冬景色から鳥獣まで、しんと張りつめたような物の世界、霊性をおびるまでに磨きぬかれた物の世界が現出する。洗練の極というべきであろう。

島谷晃画『おきなぐさ』推薦文

鳥や植物が美しく少女の顔にメタモルフォーズ（変貌）する島谷晃さんの世界は、魔法のような、メルヘンのような魅惑にみちている。

おそらく宮沢賢治の世界を描き出すのに、今日の日本で、島谷さんより以上にふさわしい画家はあまりいないのではあるまいか。賢治の世界もまた、島谷さんの世界と同じように、鳥や植物が擬人化されて、しゃべったり動きまわったりするメルヘンの世界である。

なかでも「おきなぐさ」は、島谷さんのとりわけ気に入った作品だそうである。

おきなぐさが銀毛の房をはやして風に吹かれて飛んでゆくところは、たとえようもなく美しい。イノセンス（無垢）の詩情、ここにきわまったというべきであろう。

オブジェとしての裸体について——川田喜久治オリジナルプリント『Nude』

手もとの画集をひらいて、いわゆるマニエリスム期の絵画を眺めていると、背景のまっくろな地の上に、乳白色の輝かしい女のからだを浮きあがらせるように描いたものが意外に多く見つかる。とくにドイツの絵画に多いようだ。たとえばハンス・バルドゥンク・グリーンを見よ。クラナッハを見よ。ルカス・フォン・ライデンを見よ。むろんドイツだけではない。フォンテーヌブロー派にもよく見つかるし、ボッティチェリの「ヴィーナス」なんかも、その典型的なものといえるだろう。

あらゆる色を吸いこんでしまう、このビロードのような漆黒の地は、その上に女の裸体を花咲かせるべき、虚無のスクリーンのような役割をはたしていると考えてよいかもしれない。あるいはまた、近代の人物写真やヌード写真の、背景をまっくろに感光させ塗りつぶしてしまう手法と似ているといえばいえるかもしれない。あらゆる周囲の情況との関係を絶たれて、ここに女の裸体が完全に独立しているという印象を私は受ける。

クラナッハの乳白色の裸体があれほど魅惑的なのも、多くのひとに見過されがちな、この背景の黒地とおそらく無関係ではあるまい。

この黒は、むろん裸体を裸体それ自身として際立たせるためのものである。一つのオブジェとして独立させるためのものである。ルーベンスやレンブラントのように色彩の交響のなかに裸体を解き放つのではなく、線と形体のなかに裸体を冷たく凝固させるためのものである。こうして裸体は、私たちの視線に撫でまわされるための、一個の陶器のごときオブジェと化したのだ。

十六世紀以前までは、西欧の絵画に裸体の表現はほとんど見られなかった。中世の絵画では、聖母マリアは原則として、神の母たる役割を示す純粋性のシンボルとしての青い服をきていた。東方の三博士は緋色の服をきていた。聖母が両手で差し出す幼児キリストだけが裸体だった。いや、必ずしもそうではない。十字架にかけられたキリストも裸体だったし、最後の審判で地獄に落される罪の男女も裸体だった。まだ神に庇護されていたころの楽園のアダムとイヴも裸体だった。

こうしてみると、どうやら裸体とは神のものであり、裸体をおおいかくす衣服とは、現世に生きる人間を人間の条件のなかに閉じこめるためのものだったようだ。

ルネサンスの芸術家は人間の肉体から衣服を剝ぎとり、現世に生きる人間を初めて裸体として提示したが、そこにはすでに神性のまぼろしは現われなかった。知識の欲望と快楽の欲望が、人間の裸体をオブジェたらしめていたからである。こうした傾向の絶頂にあるのがクラナッハだと考えてもよいだろう。

クラナッハの保護者であり、画家に裸婦の絵を描かせていたザクセン選挙侯ヨハン・フリードリヒは、私たちが今日、ヨーロッパ各地の美術館で見ることのできるような、あのクラナッハ独特のニンフェット（小妖精）のようなヌードをひそかに愛好していたという。ザクセン選挙侯だけではなく、注文は国外の宮廷からも多かったようで、画家の工房は注文に応じて次から次へとヌード作品をコピーしていたというから、さしずめ今日のマスコミのごく小規模なものと思えばよいかもしれない。クラナッハは、今日のロリコン趣味の写真家の元祖でもあるわけだ。

マニエリスムの裸体画には、ニンフェット好みの鑑賞者のためのものもあれば、ほとんどヴォワイユール（窃視症者）のためのものかと思われるばかりな作品もある。女の裸体はもっぱら眺められるために、そこに位置を占めているかのごとくだからである。

しばしば純潔と優雅の代表として引用される、あのドレスデン絵画館の有名なジョルジョーネの「眠れるヴィーナス」さえ、いまでは塗りつぶされているが、かつてはその足もとに小さなキューピッドが描かれていて、ひそかに眠れるヴィーナスをじっと見つめていたのだと思うと、その純潔性をいささか疑いたくもなろうというものだ。キューピッドは十九世紀の修復のとき発見されたが、保存状態不良のためにふたたび塗りつぶされて、むろん今日では見るべくもない。たぶんヴィーナスはいつの日か目をさまして、キューピッドのいなくなっていることを悲しむのではあるまいか。

ティツィアーノの「ウルビーノのヴィーナス」は、これに反してぱっちり目をあけている。彼女は自分が見られていることを知っているが、それを少しも恥ずかしいとは思っていないらしい。なぜそれが私たちに分るのかといえば、彼女の視線が、絵を見る私たちにぴたりと固定されているからだ。絵を見る私たちの視線は、どうしても彼女の視線とぶつかってしまうのである。現代のヌード写真のモデルがカメラのほうをじっと見ているように、このヴィーナスも私たちのほうに挑戦的な視線をじっと投げている。

同じくティツィアーノの「ヴィーナスとオルガン奏者」は、もっと露骨である。画中に描かれたオルガン奏者はふりかえって、ベッドに横たわるヴィーナスの股間のデルタ地帯に視線を向けているのだ。絵を見る者にかわって、このオルガン奏者はエロティックな対象を眺める役目を引受けているかのようである。絵を見る私たちがヴォワイユールになるのではなくて、すでに絵のなかにヴォワイユールがいるのである。

クラナッハ独特の裸体画について、もう一度だけ述べるとすれば、そこに登場する女たちは決して文字通りの全裸ではなくて、ほとんどいつも必ず何らかの装身具を身におびているということを指摘しておくべきだろう。クラナッハ以外に、こういう配慮を見せている同時代の画家は多くはいない。完全な裸体よりも、何か少しでもアクセサリーを身にまとっているほうが、むしろいっそう裸体を強調し、見る者に対してエロティックな情緒を喚起するという、心理学上の事実をクラナッハはよく知っていたかのごとくである。

たとえば犬の首輪のようなネックレスをつけ、腰にはきらきらした金属のベルトを巻いた女がいる。腕輪や指環をつけた女がいる。円錐形のとんがり帽子や、広い縁の帽子をかぶった女がいる。胸や腰のあたりに、完全に透けて見える薄物をまとった女がいる。ボードレールが礼讃したような、金属や宝石の硬いきらめきは、肉のやわらかさに対して或る種の効果を発揮しているのである。これこそクラナッハの裸体画の特徴というべきで、ユディットやルクレチアのようなサディスティックなテーマに、これはまさにぴったりといってよい。のちに十九世紀末のギュスターヴ・モローが裸体のサロメやダリラやクレオパトラを描くのに大いに利用したのも、この金属や宝石の硬質のきらめきだったということを、ここで思い出しておいてもよい。

ちょうどギュスターヴ・モローやフランツ・フォン・シュトゥックの時代が、同時にまたボードレールやマラルメやシュテファン・ゲオルゲのような詩人の時代だったように、ヨーロッパ十六世紀のマニエリスムやフォンテーヌブロー派の画家たちにも、その同時代者としての詩人たちがいた。詩と美術とのあいだには一種の並行関係があって、つねに共通の関心を示しているらしいのである。

マニエリスムの画家が女体の細部へ執拗な目を向けていたとすれば、当時の詩人たちも、同じような目で女体を眺めていた。フランスの詩人クレマン・マロの名高い「美しき乳房の賦」から、その最初の九行を次に引用してみよう。

卵よりもなお白い、生まれたての乳房、
真新しい白繻子の乳房、
薔薇をも恥じ入らしめる乳房、
何よりも美しい乳房、
固い乳房、いや乳房というより
小さな象牙の球のよう、
その中心には、だれも見たことも
ふれたこともない苺の実が一粒、
さくらんぼうが一粒、鎮座まします。

全体はもっと長く、えんえん三十四行にもわたって、熱烈な乳房讃美の詩句がつづくのであるが、ここでは省略しておこう。十六世紀フランスのリヨン派と呼ばれる詩人たちのあいだでは、このように乳房だとか、目だとか、眉毛だとか、耳だとか、口だとか、あるいはもっと大胆に尻だとか、腹だとか、玉門だとかいった、女の肉体のいろいろな部分を讃美したり批判したりする詩が非常に流行したのである。これをブラゾン、すなわち紋章詩という。

さて、このクレマン・マロの「美しき乳房の賦」を読むと、どうしても私が思い出してしまうのは、ルーヴル美術館にあるフォンテーヌブロー派の「ガブリエル・デストレとその妹」と称せられている絵である。

有名な絵だから御存じの方もおられるだろう、一つの浴槽に二人の若い貴婦人がいっしょに浸り、その一人が手をのばして、指の先で相手の乳首をつまんでいる図である。つまんでいるほうの女が妹のヴィラール公爵夫人、つままれているほうの女がアンリ四世の寵姫、姉のガブリエル・デストレで、この絵の寓意は、乳首をつままれている姉が妊娠していることを意味しているというが、必ずしもそう解釈する必要はあるまい。一般に、美術史上の公式の解釈なんてものは眉唾物で、てんで当てにならないのである。

私たちが見て、この絵から濛々と立ちのぼっているように感じられるのは、レスビアン・ラヴの雰囲気にほかならぬ。それはべつに秘密めいた深刻なものではなく、ごく無邪気な遊戯的なものと考えて差支えなかろう。妹がつまんだ姉の乳首は、クレマン・マロが歌ったような「だれも見たことも／ふれたこともない苺の実」の一粒であり、「さくらんぼう」の一粒であった。そう考えればよいのである。

最後に私はもう一度、クラナッハにふれたくなった。クラナッハの幅のせまい肩と、大きく突き出た腹部とをもつ、細長いゴシック風のからだのなかで、もっとも特徴のある部分は大きな臍なのである。

メムリンクやファン・アイクのようなゴシック的な裸体においては、臍の位置が極端に下で、乳房と臍とのあいだの距離が途方もなく大きいのが普通であるが、クラナッハの臍は決してそうではない。臍の位置が高いのである。クラナッハの裸体がどことなくモダーンな感じがするのは、一つにはそのためもあるだろうと私は考えている。しかしそれよりも、大きく円い臍が腹部の中心で、ふしぎなチャーム・ポイントを形づくっているところがクラナッハのヌードの何よりの特徴の一つであろう。

前に述べた十六世紀のブラゾン作者のなかには、むろん臍を讃美した詩人もあった。乳房の詩を引用したように、臍の詩もここに引用しておきたいところであるが、いまは残念ながら、その余裕がない。読者はよろしく川田喜久治氏の美しい写真をごらんになって、クラナッハの臍をじっくりと鑑賞していただきたい。ほんのりと紅いガブリエル・デストレの乳首もお忘れなく。

小川熙『地中海美術の旅』推薦文

十二年間におよぶローマ滞在のかたわら、隙をみては自動車を駆って東奔西走し、イタリアを中心とする地中海美術を丹念に見てまわった小川熙さんの書くものには、かいなでの美術評論家には望むべくもない、鋭い実地の経験による眼と感覚がひらめいている。古代からバロックまで、ときには現代にまであそびつつ、ともすると私たちが見落しがちな思いがけない美術作品に眼をとめて、そこからヨーロッパ精神史の大きな流れを展望しているという点でも、この書物はユニークな価値を有するであろう。きまりきった観光案内的な美術の本には、もういい加減にうんざりしたと思っている読者は、ぜひこの書物をめくってみるがいい。「イタリアという国は、ドアを一つあけるだけで、まったく思いもよらない人間や事物に出くわす国だ」とイタリア好きの小説家マンディアルグが書いているが、この小川さんの本も、まさにそんな感じがする本である。

細江英公『ガウディの宇宙』書評

すばらしいミロの装画で飾られた細江英公のガウディ写真集を、ここ二、三日、私はページを繰って飽かず眺めている。

ラピスラズリの板で覆いつくしたかのような、スペインの紺碧の空の下にくっきりと浮き出したガウディの魁偉な建築を、その細部にいたるまで、細江英公のカメラはさまざまなアングルから、ダイナミックにドラマティックにとらえている。さすがに十年の歳月をかけた執念の作だけあって、そのバロック的な渦巻くような世界に、見る者をぐいぐいと引きずりこむような迫力がある。

私がバルセロナを訪れたのは今から七年ばかり前のことだが、この写真集を見て、あの尖鋭な町バルセロナの光と影をまざまざと思い出したものだ。尖鋭という表現を使ったが、実際、これは私がパリから地中海岸沿いに電車でバルセロナへやってきて、コロンブス広場のあたりをうろうろしたとき、まず最初に私の頭に思い浮んだエピテートだったのである。

アンダルシア地方の都会には独特の土臭さといったようなものがあるが、カタルーニャ地方の港町バルセロナには、そういうものはない。同じスペインではあっても、ここは地中海に窓をひらいた、インターナショナルな性格の強い都会である。黒くぴかぴかした鋼鉄のような、尖鋭な感じがする。それが私にはひどく気に入ったものだった。

コロンブス広場からカタルーニャ美術館のある高台まで空中ケーブルカーが通じており、美術館の前から下の市街を一望すると、はるかにそそり立つサグラダ・ファミリアの塔が見える。この異様な塔を毎日のように見ている市民がいるのかと思うと、それだけでもバルセロナという町を尊敬したくなる。

私はグエル公園の陶片モザイクのベンチにすわって、ずいぶん長い時間ぼんやりしていた。かっと陽が照ったかと思うと、急に陽がかげったりして、カタルーニャの光と影はつねにコントラストがあざやかだ。風が強くて、広い公園の赤い砂のような土が、ときに濛々と巻きあがる。そのなかで、大ぜいの小学生がボールを蹴って遊んでいる。グエル公園は敷地がひろく、高低があって、ベンチのあるところからは海も見えた。

しかしガウディの毒気にあてられたのか、私はバルセロナの街を歩きながら、しばしば目まいのするような気分に襲われた。

とくにサグラダ・ファミリアを下から仰ぎ見てのち、エレベーターで鐘塔のてっぺんまで登ろうと思ったのがいけなかった。細江英公の写真を見ればお分りのように、目のくらむほどの高さにそそり立つサグラダ・ファミリアの塔は、上のほうが透け透けなのである。てっぺんに着いて、エレベーターのドアがあいたとたん、「あ、これはいけない!」と私は思った。エレベーターの箱から外へ一歩も踏み出すことができず、私はそのまま運転手に合図して、ただちに下へ降りてしまった。

細江さんもたぶん、重いカメラをかついで、エレベーターで塔の上へ登って、あの豪華な写真の数々を撮ったのにちがいない。写真家たるもの、ゆめゆめ高所恐怖症などといってはいられないのである。

この写真集の巻頭の文章で、細江さんはガウディの建築のなかに、東洋の禅に通じるような精神を発見したと書いている。もしも禅が空虚の美学、枯淡の美学だとすれば、それはバロックの多極性や豊饒性とは、もっとも相反するものでなければならないはずである。しかしおそらく細江さんは、禅のなかに一種のダイナミズムを見ているのであろう。精神の運動を見ているであろう。その言わんとするところは、私にもおぼろげに分るような気がするのだ。

ガウディの終始一貫した保護者であり、自宅その他をガウディに設計させたカタルーニャの実業家、エウセビオ・グエル侯爵という人物にも、私は大いに興味をそそられる。いったいどんな人物だったのだろう。しかしとにかく、とんでもない人物がいたもので、この人物のおかげで、私たちは今日、多くのガウディ作品を享受することができるというわけだ。もう一度繰りかえすが、ガウディやグエル侯爵のような人物を生み出した、バルセロナは尖鋭な都会だということを私はつくづく感じる。(集英社)

ロマン劇の魅力——「ルクレッツィア・ボルジア」公演パンフレット

文学史的事件であった一八三〇年の『エルナニ』上演以後のヴィクトル・ユーゴーの戯曲では、三一年の『マリオン・ドロルム』、三二年の『王は楽しむ』、三三年の『ルクレツィア・ボルジア』および『マリー・チュドール』、三八年の『ルイ・ブラース』などが知られている。これらはロマン劇と呼ばれており、とくにユーゴーの場合は、その序文に「芸術の社会的使命」がうたわれているのが特徴といえるであろう。『ルクレツィア・ボルジア』の序文にも、このユーゴーお得意の「社会的使命」なるものが掲げられている。作者の解説によれば、道徳的怪物ともいうべき悪女ルクレツィアの心にも、子に対する母としての純粋な感情が潜在しており、その純粋な感情に浄化されて、悪女の醜い魂も美しく見えるようになる。その美しさと醜さとのドラマティックな対立、それが作者の描きたかったものだという。

「肉体的な醜さを聖化する父としての感情、それが『王は楽しむ』であり、精神的な醜さを純化する母としての感情、それが『ルクレツィア・ボルジア』である」とユーゴーは書いている。ちなみにいえば、『王は楽しむ』という戯曲の筋は、フランス王の宮廷をイタリアのマントヴァ公のそれに変えてあるものの、ヴェルディの歌劇『リゴレット』の筋と同じだと思えばよい。父性愛や母性愛を芝居で表現するのに、わざわざフランス王の宮廷やルネサンス・イタリアのボルジア家のひとびとを持ってくる必要はあるまいとも思われるが、そもそもロマン劇というのは、好んで歴史上のエピソードや、恋愛と政治の葛藤などを題材とするものだったのである。作者は「社会的使命」などといっているが、じつは妖婦ルクレツィアの魅力を存分に描きたかったのではなかったろうか。

戯曲『ルクレツィア・ボルジア』に極彩色で描かれたボルジア家の悪名高い近親相姦や、数々の毒殺事件や、ルクレツィアの妖婦としての性格などは、今日の視点から眺めれば、必ずしも史実に忠実なものとはいいがたい。ルクレツィアは、伝説によれば稀代の淫婦、毒物学の知識にすぐれた、おそろしい毒殺常習者ということになっているのだが、最近の学者の説では、じつは父や兄の政治的野心に利用されるがままの、完全に受動的な、ナイーヴで無力な女でしかなかったらしいのである。

しかし史実に忠実でないからといって、この戯曲の価値を貶める必要はまったくあるまい。このロマン劇の第一幕が十六世紀ヴェネツィアの祝祭的雰囲気から始まっているのは、私にはとりわけ好ましい。ヴェネツィアといえば、ただちに思い出すのはマスクである。仮面である。ドーニャ・ルクレツィアは、まず最初、仮面をかぶって忍びやかに登場してくるのである。いかにも十九世紀ロマン劇にふさわしい、ぞくぞくするようなヒロインの登場ではあるまいか。

ユーゴーは心理描写を得意としなかった。この戯曲の幕切れなんぞは、とくにそれを感じさせる。しかし、そんな欠点には目をつぶっていられるほど、ヴェネツィアやフェラーラの仮面無踏会の雰囲気はすばらしい。

「小間使の日記」 映画評

ブニュエル独特の印象的なシーンがいくつかあって、いまでも私の記憶に鮮明に焼きついている。その一つは、草むらで強姦されて死んだ少女のあらわな太股に、一匹のカタツムリがぬらぬらと這いまわっているシーン。もう一つは、戸棚の中に女物の靴のコレクションをしている老人が、ぴかぴかに光った編みあげのブーツを戸棚から取り出し、これを自分の手で小間使のセレスティーヌ（ジャンヌ・モロー）にはかせ、彼女に部屋の中をぐるぐる歩きまわるように命ずるシーン。

一つはカタツムリ、一つは靴。いずれもありふれた物体だが、これがブニュエル監督の目で眺められると、急にいきいきしたエロティックな生命を吹きこまれて、かがやきはじめる。美しくショッキングな、忘れがたいシーンである。

吸血鬼、愛の伝染病——映画「ノスフェラトゥ」パンフレット

私がヘルツォークの映画を好むのは、いつもそれが寓話の精神でつらぬかれているからだ。「アギーレ／神の怒り」もそうだったが、このたびの「ノスフェラトゥ」も、狂気の主人公（この場合は吸血鬼および吸血鬼志願者だが）が何かを求めて放浪するというパターンになっ

ている。河や水の風景がふんだんに出てくるところも「アギーレ」に似ているし、動物が出てくるところも似ている。なまの現実ではなく、世界は寓話性のフィルター越しに眺められる。いま私は吸血鬼志願者と書いたが、志願者ではなくて犠牲者ではないか、という異論が出るかもしれない。しかしジョナサンもルーシーも、抵抗はするが結局は吸血鬼に乗りうつられて、吸血鬼の世界戦略に協力する立場に追いこまれてしまうのだから、犠牲者といっても志願者といっても同じことではないかという気がする。このアンビヴァレンスこそ、吸血鬼パラドックスと呼ぶにふさわしい二重性なのである。

ヘルツォークの「ノスフェラトゥ」が、これまで何度となく試みられてきた吸血鬼映画とちがって、きわめて斬新に感じられるのも、この二重性を作者が完全に意識しているからだと思われる。私はもうずいぶん昔から、吸血鬼というのはエロティックなヒーローなのだということを口をすっぱくして語ってきたものであるが、この簡単な心理学が、凡百の映画監督にはなかなか理解できなかったらしい。ヘルツォークが初めて、これをみごとに映像で表現したのである。

仰向けになってベッドに寝ているルーシーが、ドラキュラの唇に首筋を吸われると、からだを弓なりに反らせて何度も痙攣するシーンは、ポルノ映画そこのけの迫真力で、私は大いに感心させられたものであった。イザベル・アジャーニの古風なメーキャップも申し分なく美しかった。

ヨーロッパの中世に「死の舞踏」と呼ばれる、一種の集団的な舞踏の現象がしばしば起った。すなわち蔓延するペストの恐怖をのがれるために、ひとびとが大ぜいで輪になって、ときには全村をあげて、半狂乱になって踊り狂うのである。映画「ノスフェラトゥ」のなかに、この「死の舞踏」が効果的に採り入れられているのも印象ぶかかった。オランダの中世都市デルフトをロケ地として撮影されたそうだが、広場に豚だの山羊だのネズミだのといった動物がたくさん出てきて、なにかブリューゲルの絵を思わせるような寓話的な雰囲気になっているのも好ましかった。

ペストと同じように、吸血鬼というのも一種の伝染病と考えることができる。もし吸血鬼が無垢の男なり女なりにキスをすれば、その男なり女なりもたちまち吸血鬼と化して、吸血鬼現象はどんどん蔓延するからである。しかもヘルツォークのドラキュラは愛に飢えた人物として描かれており、あたかも愛の共同体を形づくるのを目的とするかのごとく、男や女の相手をえらぶのであるから、この愛の伝染病は、私には何となく今日のエイズを連想させるような気がして仕方がない。ヘルツォークがそれを意識していたかどうかは知らないが、永遠に放浪をつづけ、人類社会を吸血鬼の共同体たらしめようとするノスフェラトゥは、もしかするとエイズの病原体の擬人化とも考えられるであろう。

私は恐怖映画が好きで、これまでムルナウやテレンス・フィッシャーやロジェ・ヴァディムをはじめとする、主だったドラキュラ映画やカーミラ映画をほとんど見てきたつもりであるが、愛の伝染病という寓話的なテーマで作品をつらぬいたという点で、このヘルツォークの映画に新機軸を認めたいと思う。

精神分析では、ドラキュラは「恐ろしい父」の象徴的なイメージということになっているが、この映画のなかで、ハーカー夫妻のあいだに割りこんできて、夫とも妻とも性的関係をもつかのように見えるドラキュラは、やはり私には、きわめて今日的な性的混淆の象徴のように思われてならなかった。クラウス・キンスキーという俳優のキャラクターも、妙に弱々しいところがあったりして、これまでのドラキュラのように超人的でないところがいい。

最後に、ブラック・ユーモアにあふれる漫画の作者として、つとに私の愛してきたローラン・トポールが、この映画のなかで、じつに奇怪なフリークめいた男の役を演じていることを報告しておこう。

百五十年の歴史をたどる――『写真の見方』を読んで

子どものころ、鎌倉に住んでいる伯父がライカをもっていた。昭和十年代のはなしである。私の父も人並みにカメラをいじくっていたが、なかでも私の記憶に鮮明に焼きついているのは、おもちゃみたいに簡単な構造にもかかわらず、比較的よく写るので好んで使っていたパーレットというやつである。昭和初年、小西六から出た蛇腹型のカメラだ。私が自分で撮った最初のカメラは、たぶん、このパーレットだったのではないかと思う。

それから五十年、私も御多分にもれず、ずいぶんいろいろな種類のカメラをとっかえひっかえ使ってきた。生来メカニズムに弱く、めんどうな操作にはとても堪えられないから、せいぜい旅行の記念撮影ぐらいにしか利用する余地はないが、いま使っているのはハンディなミノルタCLEというやつである。写真家の桑原甲子雄さんが小粋な手つきで使っているのを見て、つい自分もほしくなって、ふらふらと買ってしまったやつである。このカメラは現在製造を中止しているから、やがて骨董的価値が出てくるだろうという、これは同じく写真家の渡辺兼人さんの意見だ。まあしかし、そんなことはどうでもよい。

ところで、私は下手は下手なりに、写真の撮り方ということは考えたことがあるけれども、写真の見方ということに関しては、これまで一度も考えたことがなかった。それはちょうど、小説の書き方を考えたことはあるけれども、読み方を考えたことは一度もないのと同様であろう。小説なんか、読んでおもしろければそれでよいので、わざわざ読み方を考えるまでもないと、つねづね料簡している私である。それと同様で、写真も見ておもしろければそれでよい。ことさらしく写真の見方なんて、あるはずがないじゃないかと私は思っていたのである。

しかし細江英公・澤本徳美の共著、とんぼの本『写真の見方』（七月、新潮社刊）に目を通すにおよんで、ははあ、なるほどと私は素直に納得することができた。かならずしも写真の見方というものを教えられたわけではない。一つの見方を押しつけるというような固定した考えは、この著者たちにはない。むしろ著者たちは柔軟な目で、百五十年におよぶ写真の歴史を眺め返しているのだった。

具体的な個々の作品に即して写真の歴史を眺め返すことが、そのまま写真の見方になる。そういう単純なことを、私はこの『写真の見方』によって教わったのである。

実際、写真もすでに百五十年の歴史を有するとなると、おのずからその性格が変ってくることを私たちは認めなければならない。この本のなかで細江さんがいみじくも述べているように、

「年月が写真にまろやかな何かをあたえる感じがする。時間が写真に価値をあたえていくのがよくわかる」のだ。しかしまた、「古く見えるから価値があるのではない」し、「むしろいつまでも古くならない写真」こそ、真に価値のある写真、つまり古典的な名作ということだろう。

絵画に古典的な名作があるように、写真にも古典的な名作と呼ばれるにふさわしい作品が出てきたことを、この本によって私たちはまざまざと知るだろう。たしかにエドワード・ウエストンやビル・ブラントのヌードは、見るたびに私たちをはっとさせる。ロバート・キャパやカルティエ＝ブレッソンの決定的瞬間を見て、何も考えないでいることはむずかしい。マン・レイやアンドレ・ケルテスの造形的関心は、絵画のそれと同質のものだろう。そしてあの神秘的なダイアン・アーバスにいたっては、私たちを完全に自立した一つの世界につれ去るのだ。

映画もそうだが、写真もまた、近年にいたって初めて、ある程度の時間的なパースペクティヴのもとに眺めることができるようになったのであり、それとともに、真に時代を超えて新しい作品の価値が、明瞭に浮かびあがってくるようになったのである。何度もいうようだが、そのことを私はつくづく感じる。

ヴァン・デル・エルスケンの日本滞在中の写真を見ても、たった二十数年前の日本のすがたとはいいながら、いかに現在のそれとちがっていることか、いかに奇妙な時代の活力にみちみちているように見えることか、私たちは驚きの念に堪えないだろう。古いものが新しく見えるという、写真特有のパラドックスを、これによっても私たちは如実に知りうるだろう。

写真家ベルメール——序にかえて

これまでもハンス・ベルメールの画集や写真集はフランスその他で何点か出版されてきたが、最近のポンピドゥー・センターにおけるベルメール展を機として刊行された本書ほど、ショッキングな美しさで見る者を魅了するものはないように思われる。おびただしい未公開の写真が初めてまとまった形で公表されて、特異な写真家としてのベルメールの顔が一躍して大きくクローズアップされたからである。

なるほど、これまでにも私たちはベルメールの人形の写真をよく眺めてはきた。彼がみずから人形の写真を撮ることをよく知ってはいた。しかしその写真を、どちらかといえば私たちは彼の人形を知るための手段と解してきたような気がするのであり、写真それ自体として眺めてこなかったような気がするのである。これは私たちだけでなく、フランスその他でも同じことで、ベルメールを論じるひとは多くいても、写真家という視点から論じたひとはまだ一人もいないのではあるまいか。

あらためてその人形の写真を眺めてみると、今まで不覚にも見過ごしてきた、じつにおもしろいことに気がつくのだ。作者は明らかに意図的に、その人形をいろいろな環境の中に置いて、シュルレアリスムのいわゆるデペイズマンの効果を出そうとしている。庭の樹の上に置いたり樹の枝にぶらさげたり、室内の階段や椅子やドアを背景として利用したりしている。台所の冷蔵庫とガス台のあいだに立たせられた人形もある。そうかと思うと、なんとなくマルセル・デュシャンの遺作を思わせるような、枯草の上で大きく股をひろげている人形があったりする。切り裂きジャックの犯行現場におけるように、人形の肢体がばらばらに分解されて床の上にならべてあるような写真もある。照明のあて方や着色の方法も、それぞれに工夫が凝らされている。

同じ人形を被写体として、これでもかこれでもかとばかり、これだけ多くのそれぞれ違った環境の中に投入しているところは、なにかサドの小説の女主人公を髣髴させる。まがまがしい人形遍歴譚とでもいった観念を呼びおこすに十分なほどだ。首のない人形が、それだけにかえってエロティックな魅力を発散しているように見えてくるのは、かかるときである。

しかし本書の見どころはそれだけではない。それよりも私たちにとってショッキングなのは、本書の後半に収録されたポルノグラフィックな匂いの濃厚な一群の写真、とくにベルメールの晩年に彼と同棲していた女流芸術家ウニカ・チュルンの緊縛ヌード写真であろう。これは人形ではなくて、生身の女体をオブジェとした写真だ。

ウニカ・チュルンという女性についての一応の概念を得ておくために、一九八二年に出た『シュルレアリスム事典』の中の彼女の項を私は次に引用しておきたいと思う。

「ウニカ・チュルン〔一九一六年ベルリン・グルネワルトに生まれ、一九七〇年パリに死す〕一九五三年にベルリンでハンス・ベルメールに出会ったとき、彼女はウーファ映画会社の仕事をしていた。またスイスやドイツの新聞に寄稿していた。やがてデッサンをやりはじめ、アナグラムの詩集『魔法文書《ヘクセンテクスト》』を書く。ベルメールとともにパリに行き、彼の助力でグワッシュやデッサンの展覧会をひらく。だが分裂病が悪化して何度もパリ、ベルリン、ラ・ロシェルの精神病院に入院しなければならなくなる。死後に二つの自伝的作品、すなわち少女時代を語った『暗い春』と精神病の苦難の報告である『ジャスミンおとこ』が出版された。堪えがたい生に疲れきって、彼女は窓から飛びおりて自殺した。その全作品中で彼女の強迫観念と生の悲惨をもっとも烈しくあらわしているのはペン画である。」

二人が知り合ったとき、ベルメールはすでに五十一歳、ウニカは三十七歳だった。ベルメールは最初の妻を戦前に亡くし、戦後に二度目の妻と別れ、哲学者で詩人の女友だちノラ・ミトラニとの交渉を終えたばかりのところだった。ウニカを被写体とする緊縛ヌード写真が撮られたのは一九五八年だから、彼女は当時四十二歳のはずである。さすがに年には勝てず、彼女の乳房は垂れ、腹には厚く脂肪がついている。しかし私の想像するのに、ベルメールは初めてマゾヒスティックな気質の女とめぐり会って、多年の夢を実現する機会をつかんだことに深甚な喜びを感じつつ、何度もカメラのシャッターを切ったのではないだろうか。

ウニカの少女時代の記録『暗い春』には、彼女が遊び友だちの男の子二人と「盗賊と王女様ごっこ」をして、柱に縛りつけられたり髪の毛を引ぱられたりするエピソードが出てくる。縛られた紐が肉に深く食いこむたびに、彼女はえもいわれぬ官能的な快感をおぼえたという。自分のマゾヒスティックな気質を彼女ははっきり意識していたらしく、そのほかにも似たようなエピソードが『暗い春』の随所に出てくる。分裂病者の外傷性の幼児体験を語った文章としても出色のものであろう。

それにしても、ハムのように肉に食いこむほど深くきりきりと縛られた、ウニカ・チュルンの下腹部から太股にかけての異様なくびれは、私たちを驚かせずにはおかない。マルセル・デュシャンの遺作が公表されたときにも私は驚いたものだったし、ピエール・モリニエの女装ヌード写真が一冊の本になって発表されたときにも私は度肝をぬかれたものだった。シュルレアリスムはよくよく性的な妄執と深い関係があるらしく、ときどき、このようなスキャンダラスな妄執の公開が私たちの好奇心に刺激をあたえてくれる。このベルメールの死後公開の写真集も、明らかにそういう系列の一つと見ることができるだろう。

16ミリのカラーでベルメールの人形の映画を撮ったカトリーヌ・ビネという女性の証言によると、ウニカは「堂々たる貴婦人であると同時に、驚くほどナイーヴで生真面目な少女のような」女だったという。彼女は「紐が切れた人形のように」精神病院の窓から落ちて死んだのであろうという。そう思って見ると、ウニカの緊縛写真は或る種のベルメールのデッサンにそっくりである。写真が先かデッサンが先かは一概にいえないが、一九五六年の「縛られた犠牲者」という題の絵なんぞは、まさに縛られたウニカの写真によく似ている。

縛りのファンは日本にもかなり多いようだが、日本の縛りはもっぱら精神的虐待の雰囲気を醸成することのみを目的としているようで、ベルメールの写真におけるような、くびれた肉に対する造形的な配慮などはほとんど見られないのが普通である。ウニカの緊縛写真で何より私たちの目を驚かせるのは、ともすれば振袖すがたの腰元風というステレオタイプに傾きやすい、伊藤晴雨以来の日本の縛りの伝統には絶えて見られない、このきびしい造形的な配慮であろう。写真においても終始一貫、人形製作者の目が光っていることを私たちは認めないわけにはいかないのだ。

ウニカのそれとは別の、やはりポルノグラフィックな写真のなかに、題して「相互手淫の十字架」という作品が二点ばかりあるのもおもしろい。相互手淫と訳したが、原語の

gamahucherは古い言葉で、十八世紀のサドの小説などにはよく出てくる。からみ合った二人の女の四本の脚が、みだらな瀆神的な十字架を形づくるというアイディアによって撮られたものであろう。しかも、その形づくられた十字架が、ハーケンクロイツのように見えるところが私にはさらにおもしろい。一口にシュルレアリスムの写真家といっても、例えばマン・レイなどには決して思いおよばないであろうようなアイディアである。

本書のいちばん最後には、それまでのエロティック・ムードとはがらりと趣きを異にした、こまごまとした子どもっぽいオブジェの写真がある。ガラスのケースにはいった砂糖菓子のコレクションは、冒頭の一九三六年ベルリンのアトリエの壁にも見られるものだ。

かつてベルリンへ出てきたばかりのころ、ベルメールは生まれ故郷のカトヴィツェから母の手を煩わせて、幼年時代の玩具をつめこんだ箱を送ってもらったことがあった。万華鏡やビー玉やガラスの小瓶が幼年時代の彼の宝物だったのである。この写真は、おそらくベルメールの幼年時代に直結した写真であろう。いや、考えようによっては、人形もウニカ・チュルンも「相互手淫の十字架」も、すべて幼年時代のオブジェにそのまま結びついても不思議はないような観念だといえばいいえるかもしれない。そういう観念を、いわばベルメールは一生かけて生きたのだったと考えることもできよう。

ウニカ・チュルンが死んでから五年後、ベルメールは長い半身不随の病床生活の末に、七十三歳で死んだ。

ベルメールについてはもう書くこともあるまいと思っていたのに、またまたここに求められて一文を草してしまったのは、ひとえに本書の写真に私自身が震撼させられたからである。マン・レイもたしかにすばらしいが、なにもマン・レイだけがシュルレアリスムの写真家ではないので、今後はハンス・ベルメールの名前も忘れずにリストに加えたいと私は思う。

Ⅳ

標本箱に密封された精神

少年時代の思い出のなかで、昆虫採集がいかに大きな地位を占めているかは、たとえば何人かの文学者の回想を読むとよく分る。

近ごろではロリコンなどという和製英語がすっかり幅をきかせてしまって、『ロリータ』の作者が聞いたらさぞやびっくりすることであろうが、その『ロリータ』の作者である小説家のウラジーミル・ナボコフが蝶の蒐集家であり、鱗翅類学の世界的権威であったことは周知であろう。そのナボコフが『自伝』のなかで次のように書いている。

「あるとき、私はすばらしい蛾を見つけ、母がそれをエーテルで殺した。後になると私はいろいろな殺し方をしたが、この最初の薬品にだけはちょっとでも接触すると、かならず過去の扉がひらいて過去の中に引きずりこまれるのだった。大人になってから、ある手術のためエーテル麻酔を受けたことがあった。するとデカルコマニーの写し絵のような鮮明さで、にこにこ笑って指図する母のそばで、水兵服をきた私が羽化したばかりのきれいなヤママユ蛾を展翅している光景が浮かびあがった。内臓がさらけ出されている間じゅう、私はそのときの場面をずっと夢みていた。エーテルをたっぷりふくませた氷のように冷たい脱脂綿を、蛾のキツネザルに似た顔に押しつける。からだの痙攣が徐々に弱まってゆく。胸の固い殻に、満足げな音とともに針を突きさす。それから、それを底がコルクになっている展翅板の溝に用心深くさし、大きな筋のはしっている翅を左右対称にきれいに広げ、その上にきれいにパラフィン紙を張り……」

ナボコフのイメージ豊かな回想の文章を読んでいると、このひとは蝶を蒐集するように、過去の想い出を蒐集することに異常な情熱を燃やしているのではないか、という気がしてくる。想い出は蝶のように採集され、標本箱のなかに展示されて、その鱗粉と紋様に輝いた、永遠の現在に生きる美しい屍体としてのすがたをさらすことになる。それがナボコフにとっては何ものにも代えがたい喜びなのであろう。そんな気がしてくるのだ。

一つの種《しゆ》を、一つの個体によって代表させてしまう。標本箱には、なにか恐ろしいような抽象化と普遍化の精神が密封されているような気がしてならないのは、私だけだろうか。標本箱に展示された蝶は、一匹の個体としての蝶であると同時に、また類としての蝶でもある。博物学者の目は、詩人や小説家の目とはやや違って、この類としての蝶に魅力を感じる。個別性よりも同一性に魅力を感じる。そういえば、ナボコフが小説のなかに描き出したロリータという少女も、個体としてのロリータであると同時に、あきらかに類としてのニンフェット（小妖精）一般を暗示してはいないだろうか。私は、その作中人物を見つめるナボコフの目に、抜きがたい博物学者の目を感じてしまうのだ。

もうひとり、少年時代の想い出のなかで昆虫採集を語っている文学者をここに登場させよう。日本でも翻訳がたくさん出ている、数年前に死んだフランスの批評家ロジェ・カイヨワである。カイヨワ少年は沼に住む昆虫、ミズスマシやゲンゴロウやトンボの幼虫と親しんでいたが、とくに「扁平で幾何学的な、灰白色のタイコウチに魅せられていた」という。これは変った趣味のように思われるかもしれないが、決してそんなことはなかろう。というのは、私自身も少年のころ水棲の昆虫が好きで、タガメ、ミズカマキリ、コオイムシ、マツモムシなどを採集したのをおぼえており、とりわけタイコウチには魅力を感じたからだ。カイヨワの文章を次に引用してみる。

「タイコウチはちっとも泳ぐことなく、水の底をゆっくり這ってあるく。頭部には大きな折れ曲った鋏がついているが、それはきわめて弱々しく、どう見ても何かを切り裂いたり捕えたりする役には立ちそうもない。灰色の胴体の先端には鋏よりもずっと謎めいた、堅くて細い、二本の長い剛毛がついている。後年、私はタイコウチに敬意を表して、標本屋の店でモルモリスを買ったが、この虫はその扁平なところがタイコウチを思わせるのだった。また一匹のカブトガニを買ったこともあるが、これはその色をのぞけば、何ひとつタイコウチを思わせるところがない。モグラぐらいの大きさで、モグラのように土を掘り、おまけに戦車のごとき胸甲をつけている。ただタイコウチと同じく、これも熱い海の底を這いまわっていると考えられているのだった」

文中に出てくるモルモリスというのは、マレーシアやインドネシア地方の森のなかに棲息する、体長十センチにおよぶオサムシの一種だそうである。カイヨワは少年時代のタイコウチの想い出に執着するあまり、ついモルモリスやカブトガニまで買ってしまったことを述べているが、なるほど、そういえばカブトガニには何となくタイコウチを思わせるところがないでもない。カイヨワは書いていないが、腹端に長い尾があるところも両者に共通した特徴であろう。ここでまた私自身のことを書いておけば、私はカブトガニの形態も大いに気に入っていて、わが家の応接間の壁に紋章のようにカブトガニの標本を掛けておいたこともある。おそらくカイヨワも、カブトガニの幾何学的な形態に惹かれるところがあったのではあるまいか。

タイコウチからカブトガニを連想するのは、申すまでもなく私たちのアナロジー（類推）の精神である。カイヨワはこのアナロジーの権化のようなひとであり、古来、博物学者がもっとも好んだのも、このアナロジーの精神にほかならなかった。

「どの蒐集家にとっても重要なのは、蒐集品だけではない。蒐集品にまつわる過去の全体までもが重要なのである」とヴァルター・ベンヤミンが述べているが、されぱこそ、多くの文学者の回想に昆虫採集の想い出が頻出するのであろう。しかし、標本箱を単にノスタルジーの容れものだとのみ考えるとしたら、これも大いに間違っているといわなければならぬだろう。前にも述べたように、そこには抽象化と普遍化の精神、またアナロジーの精神が封じこめられていて、情緒的な湿っぽい気分を峻拒しているからだ。

とかく忘れられがちのようであるが、標本というのは生物の屍体だということを思い出しておいても無駄ではあるまい。屍体は一般に腐敗し分解するはずのものだが、それに特殊な処理をほどこして、長く保存することを可能ならしめる。それが標本というものだ。生物の個体はすべて滅びて無に帰するのが自然界の大原則であるのに、この大原則にさからって、あえて保存された個体がすなわち標本である。人間の場合でいえば、ミイラである。したがって、それは個体であって、同時にまた個体ではないようなものである。つまり幾分かは永遠に生きる類としての存在であり、奇妙に現実性を喪失して、あたかも紋章のような抽象の領域に移された存在である。これをもってしても明らかなように、すでに情緒的なものはきれいさっぱり洗い流されているのだ。

ずいぶん大げさなことを述べたようだが、これは私たちのようなアマチュアがつくる昆虫標本のささやかな標本箱においても変らない。たとえ小学生だって、一匹の蝶の標本から、個体としての存在と類としての存在の、奇妙な二重性を感じとることは十分に可能だろうと考えられるからだ。哲学上のプラトン主義が発生するのも、ここからだろうと私は考える。『セバスチャン・ナイトの真実の生涯』という小説のなかで、ナボコフは次のように述べている。

「万物は同一の事物の秩序に属している。だからこそ、人間の知覚の同一性、個体の同一性、いかなる物質であれ、物質の同一性というものが存在するのだ。唯一の真実の数は一であり、残りの数は単に一の繰り返しにすぎない」

最後に一言。私はヒョウホンムシという昆虫の存在に、何ともいえないナンセンスなもの、あるいはパラドックスのようなものを感じずにはいられない。

御存じのように、ヒョウホンムシはクモに似た小甲虫で、好んで標本箱のなかの標本を食うとされて、こんな名前がついているわけである。しかし、おそらく人類よりも古くから生きているヒョウホンムシが、その当時から標本を食っていたとは考えられず、かつては何か別のものを食っていたにちがいない。人類がいなければ標本なんかないわけだから、この虫は人類のおかげで存在しているかのごとくだ。考えてみると、じつにばかばかしい命名だということに気がつく。

それに、もしヒョウホンムシがヒョウホンムシの標本を食うとすれば、いったいどういうことになるのか。なんだか頭がこんぐらがってしまうではないか。ただし、これもヒョウホンムシのせいではない。

石笛と亀甲について

国立劇場で石笛《いわぶえ》の演奏があるという情報を得て、つい先日、思いたって聞きに行った。どういうものか、私は石笛という古代の楽器、ただ孔のあいた自然石を吹いて鳴らすだけの、単純素朴きわまりない楽器に対して、そこはかとない興味をいだいているのである。興味というよりも、むしろ好奇心といったほうがよいかもしれない。

当夜の演奏は、フォークソングの歌手みたいな髯をはやした中年男が、舞台のはしで椅子にすわって、両手で支えた石を吹き鳴らすだけのものだったから、もとより神さびた雰囲気などは望むべくもなかったけれども、それでも初めて聞いた石笛のひびきは私を喜ばせるに十分だった。

どちらかといえば私はポーというような、くぐもった丸味のある暖かい音色を想像していたのに、実際に聞いたところではピーというような、澄んだ鋭角的な乾いた音色であるのに一驚した。しかも、それがいつまでも途絶えずに長く長くつづくのである。

奏者が断続的に息を強めると、石も断続的に声を高める。へんな表現だが、石の声が柔らかくなったり堅くなったりするような気がする。木でもない竹でもない、土でもない金属でもない石の声とは、こんなものかと私は座席にふかく身を沈めながら、しばし目をつぶって感じ入ったものだ。

石笛というものについて、私は多くを知らない。三島由紀夫の「英霊の声」では、この石笛の吹奏によって、霊媒たる盲目の青年が神がかりになり、二・二六事件の蹶起将校や特攻隊員の声を現代に伝えるのだが、そういうことに私はかくべつ関心をもっているわけではない。私がどうして石笛に興味をもつようになったかといえば、近ごろ神仙の伝記などに親しんでいると、そのなかに仙界の楽器として、しばしば石笛の名が出てくるからなのである。

古代の遺物としての石笛は全国各地で出土するが、それに最初に注目したのは平田篤胤だそうである。そういえば篤胤の名高い「仙境異聞」にも、平田家へ連れてこられた寅吉少年が、神前に置かれた篤胤秘蔵の石笛をつと手にとって、お客のいるのにもかまわず、ピーピー吹き鳴らして喜んだというエピソードがあったのを私は思い出す。屋代弘賢とか伴信友とか山崎美成とかいった連中にとっては、おそらく石笛はこの上なく神秘的なものに見えたのであろう。

じつをいえば、私も一つ石笛を所蔵している。もう十数年も前に鎌倉の海岸で拾ったもので、やわらかい石に貝が棲みついて、いくつもの貫通孔をうがったものだ。その孔を指で押さえて吹いてみると、あまりよい音ではないが、たしかに音がすることはする。篤胤が伴信友に贈ったという石笛も、たまたま上総の海岸で拾ったものだそうだから、この私の石笛だって立派な石笛であろう。

仙童寅吉が無心に石笛を吹き鳴らしているすがたを想像すると、私はなんとなくヘルメスと亀の神話を思い出す。

童児神ヘルメスは洞窟の入口で一匹の亀に出会うと、その甲羅を見て、すばらしいアイディアを思いついた。「や、これはいいものにお目にかかった。わたしの役に立つよう、おまえを家に連れて帰ろう。おまえは死んではじめて、美しく歌えるんだよ」

こうしてヘルメスは亀を両手でつかんで、その洞窟に持ち帰ると、嬉々として竪琴の発明に着手した。すなわち亀を殺して甲羅をはぎとり、その甲羅に二本の芦の茎を結びつけ、さらに羊の腸でつくった七本の絃を張って、たちまちこれを簡単な楽器に仕立てあげたのである。ためしに指で弾じると、それは彼の手のなかで力強く鳴りひびいた。

自分の楽しみのために生きた亀を平然と殺すとは、ずいぶん残酷なようにも考えられるが、この残酷さと無邪気さの共存しているのが、そもそもヘルメスという童児神の性格なのであろう。

「死んではじめて、美しく歌えるんだよ」という「ホメロス讃歌集」中のことばは、この残酷さが一種の薬味になって、この上ない詩的効果をあげているように思われる。

しかし残酷といえば、占術をもっぱらにしていた古代中国の君主たちは、秦の始皇帝も漢の武帝も、片っぱしから生きた亀を殺しては甲羅をはぎとって、いわゆる亀卜《きぼく》のためにこれを用いていたのであるから、まだしもヘルメスのいたずらなんぞは罪が軽いほうかもしれない。文字通り児戯に類するだろう。

伴信友は「正卜考」のなかで、亀卜には生きた亀でなく、死んで海岸へ流れついた亀の甲羅を用いるべきだといっている。これが血を見ることを避けるためかどうかは分らない。死んで甲羅だけになって波間にぷかぷか浮かんでいる亀を「浮かれ甲」と呼ぶらしい。「造りやう、裏を斧にて削り、荒砥にておし、表を青砥にて磨《と》ぎ、後に合せ砥にて研《みがき》て、其上を砥の粉にて琢《みがき》て、鏡のごとくする也」とあるのもおもしろい。

ケレーニイによれば亀は原始世界的な動物であるが、その点では中国も同じで、亀は祥瑞思想における四霊の一つである。中国ないし朝鮮から、いつ亀卜が日本へ伝わったかという問題は興味ぶかいし、またツングース系の鹿卜と亀卜とが、どういう関係にあったかという問題も興味をそそる。しかしここでは、亀甲をみがいて鏡のように光らせるという、伴信友の文中のはなはだ詩的なイメージだけを記憶しておこう。

私が寅吉少年の石笛からヘルメスの竪琴を連想したのは、申すまでもなく、素朴な楽器をあつかう少年という見地からであった。寅吉は常陸の岩間山へ帰るとき、石笛を紐で腰にぶらさげて行ったというが、こんなイメージも私にはたいへんヘルメティックに見えて好ましい。

国立劇場では、石笛のほかに土笛や龍笛の演奏もあって、それぞれにおもしろかったけれども、やはりいちばん印象的だったのは石笛の演奏で、これこそ音の原点だと思わせるものがあった。

実際に聞いたのかどうか知らないが、三島由紀夫は「古代の湖の底をのぞいて、そこに魚族《いろくず》や藻草《もぐさ》のすがたを透かし見るような心地がする。又あるいは、千丈の井戸の奥底にきらめく清水に向って、声を発して戻ってきた谺《こだま》をきくような心地がする。この笛の吹奏がはじまると、私はいつも、眠っていた自分の魂が呼びさまされるように感じるのである」と書いている。

リゾームについて——十九世紀パリ食物誌

アストロノミーは天文学のことだが、この言葉の前にGの字をつけると、ガストロノミーすなわち美食学となる。アストロは星の意であるが、ガストロは胃の意である。アストロノミーからの連想だろうか、私はガストロノミーという言葉を聞くと、なんだか自分の胃がプラネタリウムのように大きくふくれあがって、一つの宇宙を併呑したような気がしてくる。自分の胃のなかで、無数の星が軌道を描いて回転しているような気がしてくる。

一時、私は気まぐれを起して、フランスのガストロノミーの本をずいぶん集めたことがあった。しかし今ではすっかり飽きてしまって、もうページを繰ってみることも滅多にない。ガストロノミーの本に目を通しながら、私がいちばんうんざりさせられたことの一つは、私たちにとってはスコラ的といってもいいような煩わしさで、そこに各種の料理法やらメニューやらが列挙されていることだった。「なんとかのなんとか風」という仰々しい名前のついている料理が多いが、その実体を苦労して究明してみると、「なあんだ」と拍子抜けするようなものがある。それで思い出したが、いつだったか私はポタージュ・オー・ペルル・デュ・ジャポン、すなわち「日本の真珠入りポタージュ」という料理にぶつかって、首をひねったことがあった。まずその話から、はじめることにしよう。

一八八二年といえば明治十五年にあたるが、この年の十月、ベルギー王レオポルド二世が滞在中のパリから夜、急行列車にのってウィーンへ向ったことがあった。すでに十年前から寝台車は設置されていたが、まだ食堂車というのは世界のどこでも実行に移されていなくて、このとき初めて、国際寝台車会社（略してC.I.W.L.という）の社長ジョルジュ・ナジェルマッケルス氏がベルギー王のために、これを走らせてみようと思い立った。

じつをいえば、これより三年前、ドイツで客車を一部改造して、最初の食堂車ともいうべき汽車が走ったことがないわけではなかった。ただ、それはかならずしも満足すべきものではなく、名実ともに食堂車と呼ばれるためには、どうしても新しいタイプの車輛をつくらせる必要があった。それはミュンヘンのラートゲベルク工場に発注され、すでにパリに引渡されて、マルセイユ〜ニース間で試運転されていた。試運転の結果は上乗で、いよいよこれをパリ〜ウィーン間に定期的に走らせるに先立って、まずベルギー王の試乗を仰ごうということになったのである。ちなみにいえば、レオポルド二世はC.I.W.L.の大株主であった。

このパリ〜ウィーン間の食堂車つき急行というのは、その後すぐ開通した、あの名高いオリエント急行の走りみたいなものだと思えばよいかもしれない。

さて、急行列車がパリの北停車場を出てからしばらくすると、予定のごとくベルギー王臨席のもとに、最初の食堂車の記念晩餐会が車中でひらかれた。ベルギー王は安眠のために、胃にもたれるような食事をするのを好まなかったから、その晩餐会のメニューはごくあっさりしたものだった。以下にそれを掲げる。

日本の真珠入りポタージュ

魚

茹でじゃがいも

野菜添え牛の赤葡萄酒煮

クレソン添えル・マンの若鶏

カリフラワーのグラタン

チョコレート・クリーム

デザート

ここに出てくる「日本の真珠入りポタージュ」とは、そもそも何だろうか。クレオパトラがアントニウスを迎えた大宴会の席で、耳飾りの真珠を酢に溶かして飲んだという故事は有名だが、まさか十九世紀末のヨーロッパで、そんな豪勢なことが行われるはずはあるまい。種を明かせば、何のことはない、日本の真珠とはタピオカの粒のことであった。タピオカとは、キャッサバという南米原産の植物の根茎から採った澱粉にすぎない。半透明に光った粒なので、真珠のように見えるのであろう。

マルコ・ポーロは『東方見聞録』のなかに、チパング島（日本）では美しい真珠がたくさん採れること、とくに人が死んで「土葬にするときは、死者の口中に真珠を一つ入れる」ことを報告しているが、こんな空想的な情報が十九世紀末のヨーロッパでも、まだ或る程度までは信じられていたのかもしれない。

どうやら「日本風」というのは奇想天外の代名詞でもあったらしく、同じころ、劇作家のデュマ・フィスは戯曲『フランション』の第一幕で、アネットという料理自慢の女中役に「日本風サラダ」なるものの作り方を講釈させている。相手はアンリという男。

アネット「まず、じゃがいもをブイヨンのなかで煮ます。それから普通のサラダの場合と同じように、それを薄切りにします。まだ温かいうちに、それに塩、胡椒、果物の匂いのする良質のオリーブ油、酢などを混ぜて味をつけ……」

アンリ「タラゴン入りの酢ですね」

アネット「オルレアン酢のほうがいいわ。でも、それはどうでもいいの。大事なのは白葡萄酒、できればシャトー・イケムをコップ半杯と、みじん切りにした薬味草をどっさり入れることね。それと同時に、ごく大きなムール貝を、セロリの茎といっしょにクールブイヨンで煮ておいてね。煮汁は捨てて、これをじゃがいもに加えるの」

アンリ「ムール貝はじゃがいもより少な目ですね」

アネット「せいぜい三分の一ね。ほんのり匂ってくる程度でいいの。あんまり多すぎてはぶちこわしよ。サラダができたら、そっと全体をかき混ぜることね。そしてサラダの上に、トリュフの輪切りをのせるのよ。学者の帽子みたいな感じにね」

アンリ「シャンパン酒で煮こんだトリュフですね」

アネット「もちろんですとも」

この芝居が初演されたのは一八八七年一月九日であるが、ひとたび上演されるや、このじゃがいもを主体とした奇妙な「日本風サラダ」は、たちまちパリ人士のあいだに評判を呼んだ。といっても、じゃがいもはいかにも変哲のない、安価なブルジョワの日常的な食いものであるにすぎない。ただ「日本風」という呼び名だけが珍しかったのである。そこに目をつけたのがパリの有名な文学レストラン経営者ポール・ブレバンで、彼は自分の店のメニューに麗々しく「日本風サラダ」という品目を書きこんで、じつはじゃがいものサラダではなく、ちょろぎのサラダをお客に出した。これが当って大評判になった。

ちょろぎはフランス語でクローヌ・デュ・ジャポン(日本のクローヌ)という。一八八二年(最初の食堂車が走った年と同じ明治十五年である)、北京のロシア公使館付医官だったドイツ人の医師エミール・ブレットシュナイダーが、中国からパリの植物学協会に宛てて、このおかしな植物の根茎を送付した。受けとったのはパイユーというフランス人の植物学者で、彼はこれを自分の所有していた土地、パリに近いセーヌ・エ・オワズ県のクローヌという村に植えた。そして数年後、彼はこの植物に「クローヌ」という名をつけて、パリの青物市場に出荷したところ、たいへんな好評を博したという。

御存じのように、日本の正月のおせち料理の黒豆のなかに入っているちょろぎは、小さな巻貝のような螺旋形をしているので、パリの食通はこれを「さそりの尾」と呼んで珍重したという。おもしろい話ではないか。

ちょろぎを中国からヨーロッパへ伝播するのに寄与したブレットシュナイダーについては、春山行夫氏の『花の文化史』あたりを参照されたい。ニーダムの『中国の科学と文明』にも、その名がちらほら散見するように、中国の植物や鉱物をヨーロッパに紹介した十九世紀の学者として、彼は逸すべからざる人物である。

なお、フランスのラルース百科事典に、ちょろぎの原産地は日本と記述されているのは間違いで、正しくは中国原産である。「日本のクローヌ」と俗に呼ばれているので、つい間違ってしまったのであろう。

「日本風サラダ」にちょろぎを用いるというパリのレストラン経営者の思いつきも、おそらく、この「日本のクローヌ」がヒントになったのであろう。

ガストロノミーの作家として知られるキュルノンスキーの意見によると、デュマ・フィスの芝居に出てくる、じゃがいもを主体とした「日本風サラダ」は、どうにもいただけないそうである。ムール貝やトリュフを混ぜ合わせるなんて、げてもの料理以外の何ものでもないというわけであろう。なるほど、そういわれてみれば、そうかもしれない。ドゥルーズ／ガタリがリゾーム（根茎）ということを言い出して以来、この日本でもリゾーム、リゾームと口にする輩が多くなってきた。ところで、私がここに紹介したエピソードに出てくるタピオカ、じゃがいも、ちょろぎは、すべてこれリゾームである。日本人は昔から、お正月には好んでリゾームを食っていたのであり、私もまた、リゾーム好きにかけては人後に落ちないものであることを最後に告白しておこう。

星の思い出

私が子どものころは、まだ東京の空もそんなに明るくはなかったから、日ぐれ時ともなると、どこの町からも星がまたたき出すのが見えた。

そのころは町でいちばん高いのは火の見やぐらで、その火の見やぐらの上あたりに、ぴかりと最初の星がまたたき出す。すると浴衣をきた子どもたちが口々に叫んだものだ。

いちばん星、みーつけた。

しかし何といっても豪華な星の饗宴が見られたのは夏の夜空で、私たちの夏休みの思い出は星の思い出とむすびついている。夏休みになって、房総の海岸に避暑に行くと、夜の砂浜から仰ぎ見る空には、銀河を中心にヒシャクのかたちをした北斗七星、椅子のかたちをしたカシオペイアなどが、天球に雄大な象形文字を書きつらねている。星の神秘、星の豪華に心をうばわれた最初の経験は、この幼年時代の夏休みであった。

夏の空には流れ星もよく飛んだ。なかなか消えず、すーと長い尾をひいて飛ぶような流れ星もあった。

東京に最初のプラネタリウムができたのも私の少年時代である。なつかしい有楽町の東日天文館。心をはずませて、有楽町に通ったのも楽しい思い出である。

夏の夜空について書いたから、冬の夜空についても書いておこうか。

冬の夜、凍てついた道に下駄の音をひびかせて、銭湯へ行くことがよくあった。闇の中に、家々のあかりが黄色い光をにじませている。そのころは蛍光灯がなかったから、夜の町は黄色い光にぼうと包まれているわけだ。夜空をふり仰ぐと、ぎらぎら蒼白な光をはなっているシリウスが見える。オリオンが見える。「おお寒い……」と思わず肩をすぼめて、また道をいそぐ。そんなことがよくあった。

いま私は鎌倉に住んでいるが、あまり星を眺めるという習慣はない。やはり少年時代にいちばん星と親しんでいたようだ。

鉱物愛と滅亡愛

鉱物といえば、ただちに石とか金属とかを思い出す。どちらも硬く、冷たく、ぴかぴか光っていたり、結晶をなしていたり、あるいは透明であったりする。こうした金属や石の属性に惹かれるものを感じてならなかったのは、私の場合、幼時からのことだった。生まれつきかどうか分らないが、まあ、生まれつきということにしておこう。

前にも書いたことがあるが、私は子どものころ、神社の橋の欄干などのてっぺんについている、あのネギの花のような球体をした、青銅製の擬宝珠《ぎぼうし》がほしくてたまらなかった。あの先端のとがった円いかたちに、何ともいえない魅力を感じたのである。

私はこれを「ホーシのタマ」と呼んでいた。つまり宝珠の玉である。珠も玉も同じタマだから、これは一種のプレオナスム（冗語法）あるいは同語反覆のように思われるかもしれない。しかし戦前の東京で「ホーシのタマ」ということばは一般によく使われていた。私の父や母も使っていた。石川淳の『白描』のなかに、「仏壇の前に古びた経机がすえられて、その上に、玩具のような木魚にならべて、いつも大きい宝珠の玉が置かれていた」というくだりがある。この「ホーシのタマ」は貯金箱のことだ。

閑話休題。私が子どものころ魅力をおぼえた金属のオブジェには、この「ホーシのタマ」のほかに、さらに次のようなものがある。

むかしの自動車はラジエーターにしょっちゅう水を入れていたもので、その水入れ口がボンネットの上に出ており、水入れ口には金属のぴかぴか光ったマスコットがついていた。自動車のいちばん先端で、いかにも風を切って走っているような感じのオブジェである。船のアナロジーでいえば、さしずめ船首像みたいなものだろう。いろいろなかたちのものがあったのをおぼえている。私はそれをはずして、文鎮みたいに使ってみたいと思ったものだ。ずっしりと手に重いのではないかと想像したものだ。

いまでは自動車のボンネットの上を見ても、こんなマスコットのついている車にはめったにお目にかかれない。みんな、のっぺらぼうである。むかしのように、あそこには何か飾りものをつけたほうがよいのではないかと私は思う。ポスト・モダンにふさわしい飾りのものをね。これはぜひ自動車のデザイナーに提案したい。

まあ、そんなことはどうでもよろしいが、今日では鉱物愛はただちにSF的幻想とむすびつく。その理由を私は次のように考えている。つまり、鉱物には年齢がないからである。時間を超越しているからである。ということは、最初から死んでいるからである。

「たしかに石は、いや、鉱物一般は、すでに生命の発生する以前から地球上に存在していたのであり、また将来、かりに地球上の全生命が絶滅してしまったとしても、やはり依然として存在しつづけるにちがいないのである」と私は前に書いたことがある。

もう一つ、鉱物愛はタオイズムとむすびつく。SFとタオ、これはどうしても手をむすばなければならない思考実験の二つの極だろう。中国の神仙というやつは、まさに鉱物愛の権化のような連中で、極端にいえば、神仙思想の窮極的理想というのは、みずからを石に化せしめることではないのかと私は前から思ってきたものだ。

時間を廃棄して、歴史の外へ飛び出そうと考えるとき、人間がその理想的イメージとして、石というものを頭のなかに考えるのはごく自然の成行というべきで、だからこそプラトンは『クリティアス』のなかで理想国を夢みたとき、オレイカルコスという鉱物を空想したのであった。ユートピアを夢みる者は、古来、かならず鉱物愛に取り憑かれた連中であるというのも、考えてみるとおもしろい。すぐれたSF作品にも、この鉱物愛の幻影がちらちらしているのを、読者は容易に認めるであろう。

誤解しないでいただきたいが、このSF的幻想と鉱物愛とのむすびつきは、進歩思想とは何の関係もないということだ。金属や機械が進歩思想の標識であった時代は、二十世紀前半とともに過ぎ去った。鉱物愛は、いまや都市文明における滅亡愛の標識であるといってもよいほどであろう。いや、タオイズムはすでに紀元前のむかしから、鉱物愛と滅亡愛を「悦ばしき知識」として一つに統一しているのである。

南方学の秘密

南方熊楠の文業に初めて親しむようになったのは、すでに私が三十歳をすぎたころで、奥付の検印紙に澁澤という判の押してある、乾元社の全集十二巻をようやく手に入れてからのことだった。いうまでもなく、この澁澤というのは私のことではなく、ミナカタ・ソサエティ代表たる澁澤敬三のことであるから念のため。時代的な制約のためか、この全集は印刷がわるくて読みにくく、不備の点も多々あったが、当時としては他に披見すべき南方本もなかなか簡単には手に入らなかったから、むさぼるように読んだことをおぼえている。

昭和五十年に別巻二冊をふくむ全十二巻の平凡社の全集が完結して、南方学を系統的に追跡するにはずいぶん便利になったものだと思うし、その恩恵を痛切に感じていることにかけては人後に落ちないつもりだが、あえてここで平凡社版全集の欠点を一つだけあげておくとすれば、別巻2の巻末についている索引がかなり杜撰なことであろう。人文科学系統の著者の全集の場合、完備した索引というものがいかに必要不可欠なものであるかは、少しでもその方面の物事をしらべたり考証したりしたことのあるひとならば、骨身にしみて知っていることだろうし、とくに南方熊楠のような、たくわえた厖大な知識を整理せずにノンシャランにぶちまけたような著述家の場合、それがいっそう必要とされることも明らかだろう。

ほんの一例をあげれば、平凡社版全集の索引でプリニウスの項目を引いてみると、なんと驚くべきことに一ヵ所しか出ていない。南方熊楠が好きでよく引用するトマス・ブラウンやグベルナチスにいたっては、項目すらも欠けているのである。これでは困る。

私は自分の必要のために、あるとき思い立って、平凡社版全集に出てくるプリニウスの索引をつくってみた。これはまったく私個人の必要のため、あるいは物好きのためだから、べつに他人に見せびらかすべきものではないのだが、この際、御参考までに披露しておくとすれば、一ページに二ヵ所以上出てくる場合は一として数えて、第一巻には四十一ヵ所、第二巻には十ヵ所、第三巻には十六ヵ所、第四巻には七ヵ所、第五巻には九ヵ所、第六巻には四ヵ所、第七巻には一ヵ所、第八巻には三ヵ所、第十巻には十ヵ所、そして別巻1には二ヵ所で、総計するとプリニウスは百三ヵ所におよんで出てきているのである。

ついでにトマス・ブラウンの項目についても書いておこう。あくまで私の見落しがなければの話だが、第一巻には十二ヵ所、第二巻には四ヵ所、第三巻には一ヵ所、第四巻には二ヵ所、第五、六、九および別巻1にはそれぞれ一ヵ所で、総計すると二十三ヵ所におよぶ。いずれにせよ、これだけ頻出する人名を無視して索引からはずすわけにはいかぬであろう。

人名ではないが、たとえばラピス・ラズリとかマンドラゴラとか独楽とかいった項目についても、私は自分の気のついた範囲で、その都度、索引に巻数とページ数を書きこんでおくことにしている。熊楠全集をひっくりかえすたびに、だんだん書きこみがふえてゆくのは困ったような、おもしろいような、おかしな気持である。

世間では、南方熊楠の超人的な記憶装置から自由奔放にあふれ出す、知識学殖の大洪水にあっぷあっぷするあまり、ただ茫然と眺めているしか手がないかのように思われがちであるが、よくよく彼の文章を読み、彼の繰り出す漫言放言に身を入れて付き合ってみると、そこにおのずから一定の好みというか逸脱というか、いってみれば熊楠流の記憶装置の偏向のようなもののあることが、漠然とながら感じとれるようになってくる。和漢の書はしばらく措いて、洋の部門について述べるとすれば、むろん私たちには逆立ちしても手のとどかないはるか向うのかなたではあるにせよ、その広大な領域の限界がうっすらと見えてくるような気がしてくる。おそらく、将来の南方熊楠研究家は、まず何は措いても、彼の著述中にあらわれる和漢洋のすべての文献を洩れなくピックアップして、これを分類整理し、彼の学識がいかなる種類の典籍から構成されていたかを明らかにすべきだろう。そうして初めて、彼の仕事の全体が具体性をもって見えてくることになるはずなのである。これは思うだに心をそそる、楽しい作業ではあるまいか。若いひとで、だれかやってみるひとはいないか。

南方熊楠がもっとも好んで引用するヨーロッパの書物には、たとえばグベルナチスの『動物譚原』や『植物譚原』があり、コラン・ド・プランシーの『妖怪辞彙』や『遺宝霊像評彙』があり、ハズリットの『諸神および俚伝』があり、バルフォールの『印度事彙』があり、タヴェルニエーの『波斯紀行』や『印度紀行』があり、スミスの『希臘羅馬伝記神誌辞彙』があり、ピンカートンの『水陸紀行全集』があり、ユールの『マルコ・ポロの書』があり、バートンの『アラビア夜譚補遺』があり、ベロアル・ド・ヴェルヴィユの『上達方』があり、ブレットシュナイデルの『支那植物篇』がある。やれやれ、またかと思うほど、これらの書名は頻々と出てくる。いずれも今日の文化人類学者や民俗学者が洟もひっかけないような種類の書物であろう。こういう、いわば時代の流れから取り残されたような古めかしい書物から、南方熊楠の学識の骨格が形成されていたのかと思うと、私は或る種の感慨にとらわれる。日本にかぎって考えても、江戸以来の本草学や博物誌の伝統がまだ生きていた時代の、最後の学者が南方熊楠ということになるのではあるまいか。

熊楠の学問の基本的な方法は筆写だった。これは重要なことである。幼時から彼は『訓蒙図彙』や『節用集』を筆写しているし、壮年期のロンドン時代においても、もっぱら大英博物館で欧語文献の筆写にはげんでいるし、田辺に落着いてからも死ぬまで『甲子夜話』だの『古事記伝』だの『古今図書集成』だのを飽くことなくせっせと筆写している。コンピューターを駆使したりワープロをあやつったりする今日の学者輩とくらべて、なんという相違であろうか。よかれあしかれ、そこに十九世紀人のおもかげを残した南方熊楠の真骨頂があったと考えなければならぬ。

筆写することによって、何千巻にわたる典籍の一字一句までも、おのれの記憶装置の中に正確にたたきこんでいた南方熊楠の頭脳は、まさしくコンピューターなき時代の人間コンピューターにほかならなかった。コンピューターの発明されるような時代に、南方熊楠のような人物のあらわれっこないこともまた当然だろう。これは逆説でも何でもない。ひとは熊楠の抜群の記憶力におどろくが、そのことにおどろくよりも前に、彼が十歳から十五歳までのもっとも記憶力の旺盛な時期に、『和漢三才図会』百五巻をはじめとして『本草綱目』『大和本草』『諸国名所図会』などといった、江戸時代の基本的な博物学書のことごとくを筆写しているという事実に目を向けるべきであろう。

私は前に、熊楠の知識には一定の偏向のようなものがあると書いたが、たとえば彼の著作中にゲスナーやアルドロヴァンディの名は出てきても、アンブロワズ・パレの名はほとんど一ヵ所も出てこないし、パラケルススやカルダーノの名もまったく見あたらないのである。トマス・ブラウンの引用はほとんど『プセウドドキシア・エピデミカ』ばかりで、ほかには『キュ一ロスの庭』が一ヵ所だけ、あとはどうやら読んでいないようである。ダンテやチョーサーをもっと引用してもよさそうなのに、ちっとも引用せず、『エプタメロン』や『ダーム・ギャラント』ばかりに言及している。好きでやっているのだから、何を引用しようと何を無視しようと本人の勝手だが、前にも述べた通り、このあたりをもう少し深く突っこめば、もしかしたら南方学の秘密がはっきり見えてくるのではないかという気がする。

もう一つ、これも世間はただおどろいたり呆れたりするだけで、一向に解明しようという気を起さぬらしいが、南方熊楠の度はずれたエロ話好きをどう解釈するかという問題がある。おもしろいことに、博物誌家的資質をもったエンサイクロペディストは、『千夜一夜』のリチャード・バートンや先般亡くなった日本の金関丈夫のようなひとをもふくめて、どういうものかエロ話がはなはだ好きなようである。むしろ博物誌とエロティシズムには必然的な関係があると考えたほうがよいかもしれない。男色や両性具有や去勢について、いや、男根の運動そのものについて、明治以後の日本の学者で熊楠ほど、博引旁証をもってあからさまに論じたひとはいない。この点においても、あふれんばかりな男根のエネルギー（それは極端な純潔主義あるいは禁欲主義のかたちであらわれることもある）によって仕事をした南方熊楠は一世に屹立しているのだ。

貘の枕について

頃日、夢のアンソロジーをつくるために、ギリシア・ラテンから近代現代までの各国作家の作品を片っぱしから渉猟していたので、少なくとも文学にあらわれた夢というテーマに関するかぎり、私はいっぱし権威になったような気がしている。あつめた百数十篇の夢のなかには、いかにも本当らしい夢もあれば、なんだか夢みる本人が自分で作ったような、いかにも嘘っぽい夢もある。嘘っぽい夢は嘘っぽい夢としておもしろい。すでに鎌倉時代に明恵上人という大先達をもつ日本もなかなか多士済々で、だれを採りだれを落そうかと私は苦慮したほどだった。

夢に関する理論や伝承にも、世界各国を見わたすと、まさに奇想天外といってよいほど風変りなものがあって驚かされるが、おそらく日本が世界に誇りうる、もっとも奇想天外な夢に関する伝承の一つは、あの貘が夢を食うという伝承ではなかろうかと私は思ったものだ。ボルヘスが聞いたら喜ぶのではないかという気もする。これについては動物幻想譚の好きな私もまだ語ったことがないので、ちょうどよい機会だから、ここに拙文をつらねてみたいと思う。

いわゆる伝統的な日本の観念（たとえば自然観とか宇宙観とか）と信じられているものでも、元をただせば中国から伝えられたものが圧倒的に多いようだが、この夢を食う貘の伝承は、少なくとも日本で発生したもののごとくである。ただし、その原形はやはり中国にあったと考えないわけにはいかないだろう。古く『爾雅』をはじめとする中国古典に、蜀の国または峨眉山中に棲息する貘は、そのすがた熊に似て頭小さく、脚短く、色は黒白の駁文で、毛は浅くして光沢あり、象の鼻、犀の目、牛の尾、虎の足をそなえ、よく銅鉄や竹を食うとあるようだが、この何でも食ってしまう強烈な歯と胃袋の持主というところが、たぶん日本において、悪夢さえ食ってしまう貪食性の獣という具合に付会されたのにちがいないからだ。

それにしても、『日本歳時記』の著者貝原好古もつくづく述べているように、夢のような実体のないものを食う動物がいるという発想は、たしかに背理というべきで、こんな途方もないファンタジーは世界にも類がないだろう。南方熊楠は「夢違いの貘の札」というエッセーのなかで、「形なきものを食うはまことに難事だが、そんな想像が他に例なきにあらず」といって、死んだ人間の罪を食うと称するキリスト教の習俗を引用しているが、このほうがまだ分りやすいといえば分りやすい。なぜなら、それは貘のような空想的な動物に食わせるのではなく、罪を食う役目を引受けた人間が、死んだ者の家を訪れて、出されたパンと酒を実際に飲み食いするからである。要するに象徴的な一つの儀礼であろう。

南方熊楠は挙げていないが、私はむしろ夢を食う日本の貘に近いのは、鉄や火を食うといわれた駝鳥、あるいは風を食うといわれたカメレオンの例ではないかと思う。いずれもヨーロッパの古代や中世の動物誌によく出てくる例である。「駝鳥は呑みこむもののすべてを無差別に消化する驚くべき能力をもっている」とプリニウスは『博物誌』第十巻第一章に書いている。またブルネット・ラティーニは『小宝典』の第一巻第百八十五章に「カメレオンは誇り高き性質の動物である。なぜなら彼は地上の何物をも飲み食いせず、もっぱら空気のみを吸って生きているからだ」と書いている。ただ、火や風にはいかにも実体はないが、それらはあくまで自然のエレメントであって、夢のように人間の頭の中から出てきた想念とはまるで違う性質のものだ。

そう考えると、駝鳥やカメレオンは、やはり日本の貘の特異性にはおよびもつかないということになる。

蘇頌の『図経本草』には、貘のために台所の鼎《かなえ》や釜を食われてしまうので、この獣の棲んでいる土地の者はみな大いに迷惑しているとある。思わず噴き出したくなるようなユーモラスな文章だが、これなんか、ヨーロッパの駝鳥とよく似ているといえばいえる。中国の貘はよっぽど銅鉄を食うのが好きなのであろう。
『山海経』の「西山経」にも、貘ではないが、「よく蛇を食い銅鉄を食う」猛豹のことが出てくる。猛豹は熊に似ていて小さく、毛は浅くして光沢ありというから、多くの貘の描写にそっくりであり、一説には貘そのものだともいう。『本草綱目』にも、貘はもと豹の条下に付載してあったとあるから、かつては同じ類の獣と見られていたのかもしれない。あの敏捷な豹と鈍重な貘とでは、あまりにも違いすぎるような気がするけれども。

この『山海経』の「西山経」には、また夢に関係のある奇怪な鳥のことが出てくるから、ついでにそれも書いておこう。

「鳥あり。その状は烏のごとく、三首六尾にして善く笑う。名づけて鵸鵌《いよ》という。これを服すれば人をして厭《よう》せざらしむ。」

厭とは「うなされる」ことであるから、この鳥の羽毛なり尾なりを身につけるか、あるいは肉を薬のように服用するかすれば、もう悪夢によって悩まされることがなくなるという意味だろう。たしかに、これも悪夢の撃退法あるいは予防法の一つにはちがいないが、日本の貘の場合のように、すでに悪夢をみてしまってから、急いで「貘食え、貘食え」と口の中で唱えて、どこからともなくやってくる見えない不思議な獣に、その悪夢をうまく食わせてしまうというやり方とは、ずいぶん違うといわざるをえない。

中すまでもなく、アリストテレスやプリニウスの書物には獏は出てこない。幻想動物としての獏は中国のものだから当然だが、現存する有蹄類奇蹄目の動物としての獏も、アメリカ大陸と東南アジアにしか棲息していないからである。ヨーロッパ人は十七世紀になるまで、まったく獏という動物を知らなかった模様である。十九世紀の前半、スタンフォード・ラッフルズ卿が初めてロンドンに持ち帰ったスマトラ産の獏は、最初はリノコエルス・インディクス（インド産長鼻豚）という不当な学名で呼ばれていた。現在はタピルスと呼ばれているが、これはブラジル原住民の言葉をそのまま借りたものである。つまりヨーロッパには、そもそも獏をあらわす言葉が近代までなかったのだ。

すでに唐の時代から、中国では邪気をはらうという信仰のため、獏の絵を描いた屏風が多く用いられていたというから、ヨーロッパとは大違いである。それが日本に伝わると、今度は夢を食うという信仰になって、獏の絵を描いた枕が用いられたり、枕の下に獏の絵を敷いて寝たりするということが行われるようになった。いつごろから行われたかは必ずしもはっきりしないが、早くも鎌倉時代には行われていたのではないかという説がある。中国では獏のほかに、似たような想像上の瑞獣として白沢というのがあり、これも邪気をはらうという理由のために、よく屏風などに描かれたという。しかし枕に描かれたという話は聞かない。

枕に貘の絵を描いておけば、たとえ悪い夢をみたとしても、すぐにそれを貘がむしゃむしゃ食ってくれるわけだから、眠るひとは大いに安心していられるはずだろう。また貘としても、枕の上でじっと待機していさえすれば、いつでも出来たてのほやほやの夢が食えるわけだから、この役割りに満更でもない気持でいるにちがいない。古代中国に豚便所というのがあり、人間の排泄したものを、下の穴倉で待機している豚が片っぱしから食って始末するという方式だったらしいが、この貘の枕にいくらか似ているような気がしないだろうか。そういえば、「夢は眠りの糞である」とジャン・コクトーもいっている。

私が疑問に思うのは、どうして貘が悪い夢ばかり食って、良い夢をちっとも食わないのだろうか、ということである。貘にとっては、良い夢よりも悪い夢のほうが美味なのであろうか。それとも、眠っている人間の気がつかないうちに、貘はこっそり良い夢をも食っているのであろうか。

ドリアン・グレイの肖像画がだんだん血に染まって醜く老いこんでゆくように、眠るひとの身がわりになって次から次と悪夢を食いつづける貘も、やがては二目と見られぬ恐ろしい醜貌に変化してゆくのではあるまいか。思うさま悪夢を食ってふくれあがった貘の腹を断ち割って見たら、どんなに恐ろしいイメージが群がり集まって飛び出してくることでもあろうか。――そんなことをつい想像したくなってしまう。

ニーチェは『悦ばしき知恵』のなかで次のように述べている。

「夢みる──夢はまったく見ないか、あるいは面白い夢を見るのがいい。目をさましている場合も、それと同じことだと私たちは悟らなければならぬ。つまり、まったく目をさまさずにいるか、あるいは面白く目をさましていることだ。」

私自身のことを述べれば、私は悪夢というものをほとんど見たことがないので、獏の枕のお世話になりたいと思ったことは一度もない。それとも私の頭の中には、生まれつき獏が一匹棲みついているのであろうか。

夢のコレクション

このところ、新しい海彼の小説に目を通してもさっぱりおもしろいものがなく、古本のページをめくっても昔のように胸がわくわくすることもなく、どうも天下の形勢が退屈でやりきれないような気がするから、退屈しのぎの暇つぶしにもっぱらコレクションということをやっている。

不急不用、無益無用を絵にかいたような仕事（もしくは遊び）だから、私にはふさわしい遊び（もしくは仕事）であるといいうるかもしれない。

まず手はじめに取りかかったのが夢のコレクションで、古今東西の文学作品のなかから夢に関する片言隻語を片っぱしから抜き出して、順序不同にならべたところが総計百数十篇になった。いわば夢のアンソロジーである。選択の基準はむろん私の好みだから、どんな有名な作家の記述でも私が落したいやつはどんどん落してしまう。そのかわり、気に入ったものは同じ作家の記述でも一つならず採用する。ニーチェなんぞが意外に夢について多く発言しているのに、へええと私は感じ入ったものだ。

イギリスにもフランスにもドイツにも、それぞれ一癖ある編者の手になる夢のアンソロジーがないわけではない。よく知られた例でいえば、ボルヘスが『夢の本』というのを編んでいるのを文学好きの読者なら御存じであろう。私はしかし、これらのアンソロジーの内容とはなるべく重複しないように心がけた。ボルヘスのように、聖書や神話の記述をやたらに採用するのもやめた。私の好みを全面的に打ち出したのだから、おのずから他の編者のものとは違った味わいのものになったはずである。

私は長ったらしいものが大きらいだから、夢の記述はすべて短いものを選んだ。そのため一種の掌篇集のような、一種のアフォリズム集のような、あるいは一種の散文詩集のような趣きのものになったともいえる。

一口に夢の記述といっても、たとえば日記や手紙の筆者が自分のみた夢を日記や手紙のなかにそのまま記した場合と、小説の作者が小説のなかに小説の主人公のみた夢を描写した場合とでは、大いに違うといえるかもしれない。いわば前者は作家の精神の無意識的な所産であり、後者は意識的な構築物である。しかし私には、こうした違いはどうでもいいような気がする。どっちにしても夢は人間の精神のつくるものであり、たとえ目ざめていても、人間の精神のはたらきに無意識が関与しないことはありえないからである。

作家は自分の夢を記述するとき、かならず嘘を混えるものだという説があるそうだ。それならそれでいいではないか。意図的であれ否であれ、自分のみた夢を少しも変形しないで語ることなんて、そもそも人間にはできないことなのだと料簡したほうが気がきいていよう。そうではあるまいか。

ちなみに、この作家の記述する夢にはかならず嘘が混るという説の主張者は、六九年に死んだポーランドのゴンブローヴィッチだそうである。いかにも皮肉な爺さんらしい意見ではあるまいか。

「少なくとも私の場合はそうだが、死んだひとを相手にして、まさにその死んだ当人の話をしているという夢をみることがよくある。これはおそらく、片目をつぶって物を見ると物が二重に見えるように、脳の二つの半球によって説明されるだろう。夢のなかでは私たちは精神病者であり、人間の尊厳は地に堕ちるのだ。私はしばしば焼いた人肉を食った夢をみたことがある。夢によって人間性を研究することは、もっとも鋭い心理の洞察家でなければ到底不可能だろう」

こう書いているのは、私の好きな十八世紀ドイツの辛辣なアフォリズム作家リヒテンベルクである。

私たちとしては、このリヒテンベルクの記述している人肉食の夢が嘘か本当かということを鹿爪らしく考えるよりも、夢では物が二重に見えるという彼の卓抜な観察に舌をまくほうが、はるかに有益であり、かつまた楽しくもあろう。

夢のコレクションの次に、私が手をつけたいと思っているのはオブジェのコレクションである。

これもなかなかたいへんな仕事、いや、たいへんな遊びだ。なにしろ私たちの前にある対象物は、ことばの本来の意味ではことごとくオブジェなのだから。ここでも私の好みを全面的に発動する以外に打つ手はあるまい。しかしカフカのオドラデクやポーの黄金虫からはじまって、レーモン・ルーセルの『ロクス・ソルス』に出てくる巨大なダイヤモンドの貯水槽のようなものや、森鷗外の翻訳したフォルミョルレルの『正体』に出てくる美しい殺人機械のようなものまで丹念に拾いあげることを考えると、オブジェ好きの私はそぞろに楽しくなってくる。

オブジェのコレクションの次に私が考えているのは、「天使から怪物まで」というタイトルによって表わされた、ダンテの『神曲』にその例を多く見るような、人間の変身のイメージのコレクションであるけれども、まあ、そこまで語るのはまだ時期尚早というものであろう。

暇つぶしにコレクションをしていると最初に書いたが、この言にいつわりはなくて、私は自分を本当にコレクションの好きな人間だとはさらさら思っていない。寝食を忘れてコレクションにのめりこむには、あまりにも自分がレトリシアンであることをつねづね痛感しているからだ。コレクターとレトリシアンとは、たぶん両立しないのである。

もう一度リヒテンベルクのアフォリズムを引用することをお許しいただきたい。

「エドワード四世は王弟クラレンス公を処刑しなければならぬと判断したとき、王の心づかいによって、彼にその死にかたを選ぶ機会をあたえた。クラレンス公はマームジー葡萄酒の樽のなかで溺れて死にたいと願った。そこでその願いはロンドン塔で実現されたのである」

どういうものか、私はこのエピソードがたいへん好きなのである。どうして好きなのだろうか。どうせ死ぬなら香り高い葡萄酒にむせびながら溺れて死のうという、その快楽主義的な死にかたが魅力的に見えるのだろうか。あるいはクラレンス公のイメージに、レトリシアンのイメージをダブらせて見ているのだろうか。かならずしも夢のなかでなくても、どうやら私たちは物を二重に見るという、脳の二つの半球のおかげをつねに蒙っているらしいのである。

遊戯性への惑溺

自動人形の歴史は古い。さかのぼれば古代エジプトのパン捏《こ》ね人形や、ギリシアの操り人形にまで到達する。これらは簡単な玩具みたいなものだが、前四世紀、イタリアのタレントゥムに生まれたアルキュタスは、空を飛ぶ鳩の模型を発明したというし、アレクサンドレイア時代のクテシビオスやヘロンは、蒸気機関や圧搾ポンプやサイフォンの原理を応用して、いろいろな遊戯機械を製作したというから、なかなかどうして立派なものである。

このように、自動人形の歴史は科学や技術の歴史に結びついている。あらゆる科学的発明や技術的発明と同様、自動人形の歴史もまた、進歩し発展するものであることは申すまでもない。ただ、一般の科学技術が有用性の追求を至上のものとするとすれば、自動人形は必ずしも、この至上命令を目的としないというところに違いがある。

自動人形の追求するのは無用性、あるいは遊戯性である。ここがまず第一に、一般の科学技術と違うところである。古来、自動人形製作者が魔術師と見なされて蔑視されたり畏怖されたりしたのも、この一般社会で尊重されている有用性の至上命令を無視した、無用性あるいは遊戯性への惑溺のためであったといってよい。ルネサンス・イタリアの宮廷や十八世紀ロココ時代のフランスの宮廷では、逆にこの遊戯性が珍重されて、自動人形製作者は王侯貴族のなかにパトロンを見出すことができた。レオナルド・ダ・ヴィンチも、十八世紀のジャック・ド・ヴォーカンソンも、そのような成功した魔術師と考えて差支えあるまい。

自動人形は、日本では古く「からくり」と称し、「機関」あるいは「機巧」の文字をあてた。ヨーロッパで、これに相当する言葉はオートマトンautomatonであろう。語源はギリシア語で、アウトマトスautomatosといい、「ひとりでに動くもの」というほどの意味である。

人間は神によって創られた、神の似姿であり、ひとりでに動く存在であるが、人間もまた、神のように、自分の似姿を創ってみたい、ひとりでに動くものを創ってみたいという欲求を、ひそかに大昔から感じていたらしいのである。いわば神の真似をして、人間が人間の似姿を創るという試みは、人間にとってきわめて誘惑的な仕事なのであった。

このように自動人形製作者の野心は、おのれを神と等しくすることにあるので、本質的に権力意志的であり、キリスト教の立場から見れば、この上ない増上慢を意味することになる。S

F小説やSF映画にマッド・サイエンティスト（狂気の科学者）といって、禁じられた科学の研究に没頭している怪人物がよく出てくるが、自動人形製作者も、これに似ているのである。一見したところ、たわいない玩具のようなものにしか見えない自動人形にも、このような古来の技術者や魔術師たちの形而上学的な夢想がぎっしりとつまっているので、それは私たちの目に、何か無気味なものに見える。うさんくさいものに見える。幻想小説や怪談に自動人形がよく出てくるのは、読者も御承知であろう。シェリー夫人の『フランケンシュタイン』、ホフマンの『砂男』、リラダンの『未来のイヴ』などは有名だ。

もちろん、私たちは今日、コンピューターを駆使する文明の段階にきているから、かつてのように自動人形や自動人形製作者を怖れたり気味悪がったりすることはない。そういう感情は、人類の過去の遺物のようなものだと思っている。私もその通りだと思う。それでも、私にとって自動人形が何より興味ぶかいのは、私たちがすでに絶滅したものと信じている、その過去の遺物のような感情を触発するものが、その中にしっぽのように残っているのに気がつくからなのである。

V

変化する町

住宅情報を提供している雑誌から、「あなたの住みたい町」というテーマをあたえられて、私はとっさに、戦災で焼けるまで住んでいた滝野川中里町の名をあげてしまった。広い東京の中で、私が知りつくしている町は、ここよりほかになかったからである。

ほんとうのことをいえば、私は現在住んでいる鎌倉から動きたいとは思っていない。引越し魔ということばがあるとすれば、私は完全にアンチ引越し魔であって、ひとたび腰をおろしてしまった場所から、ふたたび腰をあげるのが億劫でたまらないというタイプだからである。

もちろん、せいぜい半年かそこらならば、たとえばヴェネツィアあたりに住んでみたいという気がおこらないわけではない。しかしそれもホテル暮らしで、あくまで旅情を味わうためである。決してそこに永住したいという気があるわけではない。

一年に二度ばかり京都へ行くのが習慣となっているが、これだって、ホテルに泊って気ままに遊びあるいているからこそ楽しいのであって、あんなところに住みたいとは一向に思わない。

洛北の草ぶかいところに庵をむすんで……などと考えるのは文学的空想というものだろう。

昭和二十年四月十三日の空襲で焼けるまで私の住んでいた滝野川中里は、しかし、いま行ってみると、閑静だった昔日のおもかげはなく、ただ駒込駅のツツジだけが戦前と同じく、駅の両側の土手にびっしりと植わっているのを見ることができるのみだった。

滝野川中里というのは、山手線の駅名でいえば田端と駒込のちょうど中間、田端の高台と本郷の高台のあいだに挟まれた谷間のような地域だと思えばよいであろう。

駒込駅東口の改札口は、いまでは電車の線路より低いところにあり、ガードの上を電車がはしっているが、昔はそうではなかった。改札口は駅のホームにあって、ホームから二三段おりるとすぐ、左右に踏み切りがあり、駅へ行くには必ず踏み切りを通らなければならなかった。私はいつも、東口を出て右側の踏み切りをわたり、日枝神社の石垣の下の坂道を通って家へ帰った。この道が、いま探してみると、どうしても分らない。

どうやら昭和二十年の戦災以後、道筋も町並みも大きく変ってしまって、昔の感覚では、現在のこのあたりの地理は類推のしようもなくなっているらしいのである。

なつかしいはずの中里をあるいていても、私はまるで異邦人のように、まったく見も知らぬ町をあるいているような気分にしかなれないのだった。

昔のおもかげをほぼ完全にとどめているのは、神社と寺のみであった。八幡神社や円勝寺の前にくると、私はほっとして、子どものころ、よくここで遊んだりしたことを思い出すのだった。

その日、私の中里探訪に同行したのはカメラマンのT氏と、雑誌社のひとと、私の妻であったが、私は彼らに気づかれないようにしながらも、ともすれば浮かぬ顔をしている自分を意識していた。私の卒業した滝野川第七小学校も、ちゃんと同じ場所に再建されてはいるのだが、校舎にも運動場にもまるで昔のおもかげはないので、なつかしいなどという気分にはなりようがないのである。

もっとも、これは東京の多くの場所で、多くのひとが感じている気分であろうと私は思う。戦災でいちめんの焼野原となってしまった町を、もう一度昔のままに再建しようとするには、東京の町はあまりにもごみごみしていたし、何の秩序もなかった。とてもヨーロッパの町のように、再建すべきメリットはなかった。だから変化して当然といえば当然だったのである。

私はそんなことを考えながら、昔は赤トンボがいっぱいに群れていた鉄道線路ぎわの坂道をぼんやり眺めていた。

神田須田町の付近

いまは路面電車は廃止されて通っていないが、かつて都電が東京の街をはしっていたころ、神田須田町の停留所は都電の交叉点に位置していて、よく乗換えのために乗ったり降りたりしたものであった。戦前には、近くに広瀬中佐の銅像が立っていて、子どもの私は電車で通るたびに、ちらりと窓から銅像を眺めなければ気がすまなかったものである。

その須田町の交叉点に、戦前から万惣という大きな果物屋があることを御存じの方も多いだろう。いや、戦前どころか、万惣は江戸時代の末からつづいている老舗だそうで、私は去年の秋、その四代目の当主から突然の手紙を頂戴した。

卒爾ながら、このたび創業百四十年を記念してアルバムを出したいので、御著『ドラコニア綺譚集』に載っているサン・タマンの訳詩「メロン」をぜひアルバムに転載させていただきたく、よろしく御配慮をお願いしますといった趣旨の鄭重な文面であった。

万惣主人からの手紙を読むと、私の眼前に、遠い日々の思い出が雲のごとくもやもやとひろがり出した。

私は戦後ずっと鎌倉に住んでいるので、いまでは須田町のあたりを通ることもめったになくなってしまったが、戦災で焼けるまでは東京の滝野川にいたので、あのあたりは何ともなつかしいのである。

滝野川といっても私の住んでいたのは駒込の近くだったから、都電に乗るときはいつも神明町車庫前から乗った。神明町から数えて、駒込動坂町、道灌山下、駒込坂下町、団子坂下、駒込千駄木町、根津八重垣町、逢初橋、池ノ端七軒町、東照宮下、上野公園、上野広小路、黒門町、末広町、旅籠町、万世橋ときて、その次が須田町であった。

初夏の候など、赤と白の布の日除けを軒に張り出して、緑したたる色とりどりの果物を店先にならべた万惣は、いかにも明るく涼しげであった。立派な店だから、梶井基次郎の『檸檬』の果物屋とはまるで雰囲気がちがうが、いずれにせよ果物屋の店というのは好ましいものである。

小学校上級生のころ、須田町に近い万世橋にあった満蒙学校というところへ、私はよく教師にすすめられて、模擬試験を受けに行ったものであった。

須田町の隣りの淡路町にはシネマ・パレスという小さな映画館があり、もう戦争もだいぶ激しくなって、すでに私たちは中学生になっていたが、しばしば級友と連れだって、そこへ洋画を観に行ったことをおぼえている。

お茶の水の坂の途中から名倉の角を曲って連雀町へ出ると、シャンソンを聞かせる「ショパン」という古い喫茶店があり、戦後の昭和二十三、四年ごろ、よくそこへ通ったのもなつかしい思い出である。

こんなことを書いていたら切りがないが、神田須田町の周辺は、いまでも古い東京のおもかげが残っている地域で、私の個人的な思い出も、考えてみると、そのあたりにずいぶん多く残っているのに気がつくのである。

ちなみにいえば、私が万惣主人から乞われた詩「メロン」の作者サン・タマンというのは、フランス十七世紀の飄逸な詩人である。よっぽど食うことが好きなひとだったらしく、この「メロン」のほかにも「チーズ」だの「大饗宴」だの「食いしんぼう」だのという詩を書いている。

私が拙訳「メロン」を転載することを快諾したのは申すまでもあるまい。やがて送られてきた万惣創業百四十年の記念アルバムは、なかなか凝ったもので、目を楽しませる果物の美しい写真が満載されていた。

変幻する東京

目をつぶると、私の前にひろがるのは戦前の東京だ。市電がはしっている。電線にポールがふれてスパークし、ぱちぱちと青白い火花が散っている。また目をつぶる。すると今度は戦後の東京だ。見わたすかぎり焼け野原で、銀座から浅草の松屋が見える。浮浪児とパンパンが街を行く。また目をつぶる。すると今度は現在の東京だ。まぼろしのように高層ビルが立っている。ああ、変幻する東京よ。次はどんな姿になることか。

駒込駅、土手に咲くツツジの花

戦後四十年、すっかり鎌倉に住みついてしまって、もう今さらどこへ移りたいとも思わないが、それでも私には神奈川県人という意識がまるでなく、自分はあくまで東京人だと思っている。昭和二十年四月十三日に空襲で焼けるまで、滝野川（現在の北区）の中里町というところに住んでいたからだ。

しかしお断わりしておくが、東京人と自負したところで、私は現在の東京、とくにオリンピック以後の東京をほとんど知らず、ひとりでは地下鉄にも乗れない始末である。ときどき鎌倉から横須賀線で東京へ出かけるが、昔のように市電があったらどんなに楽だろうと思うほどだ。そんな旧式の東京人だと思っていただきたい。

田端駅を出た山手線が大きくカーブして駒込駅に近づく寸前、左側の車窓、つまり山手線の内側を眺めると、ちらりと屋根だけ見える小学校がある。これが滝野川第七小学校で、私は四歳から十七歳までの十三年間、この近くに住んでいた。省線を利用するなら駒込駅、市電を利用するなら田端銀座を突っ切って、あるいて神明町車庫前まで行くという具合だった。

近ごろ、下町ということばをやたらに拡大して使うひとがあって、この滝野川のあたりまで下町だと思っているひとがいるらしいが、もちろん、このあたりは下町ではない。昭和七年に東京市に合併されるまでは、このあたりは村だったのである。近くに六義園や古河庭園、飛鳥山や染井墓地があって、何となく江戸以来の別荘地みたいな雰囲気がのこっている閑静な土地である。

実際、明治の実業家澁澤榮一、古河市兵衛、大川平三郎などの邸宅が滝野川にあったことは周知であろう。大川平三郎は私が子どものころ死んだが、聖学院中学の隣りにあった邸宅での葬儀には、当時の財界のお歴々がことごとく集まったものである。

小学校に入学したのが昭和十年、支那事変のはじまる直前だから、私の学校時代は戦争の連続だった。私の家のすぐ裏は鉄道線路で、崖の下を汽車がはしっていたから、出征兵士をはこぶ汽車が通るたびに、いそいで下駄を突っかけて駆けつけて、日の丸の旗をふりながら万歳万歳と連呼したものであった。

土手に咲くツツジの花の美しい駒込駅は、この昭和十年代には、じつにしっとりした趣きのある駅だった。今はガードの下を通るようになっているが、そのころは踏み切りで、駅の近所に商店は一軒もなかった。日枝神社の下の暗い坂道には本沢歯科医院があり、その前を通ってしばらく行くと、中里というお菓子屋がある。これだけは今でも残っており、名物の南蛮焼も健在なのは嬉しい。

線路の向う側には養老院があって、空襲のとき、ここに収容されている老人の幾人かは、けむりに巻かれ、どぶの中で悲惨な死をとげた。私は空襲の翌日、まっくろな枯木のようになった老人の死体をいくつも見たことをはっきりおぼえている。

このたび、写真家の高梨さんといっしょに駒込の周辺をあるきまわって、私がいちばんがっかりしたのは、中里橋から富士見橋へとつづく坂道の崖っぷちにも、橋の上にも、びっしりと網が張りめぐらしてあって、眺望が完全に遮られているということだった。これでは写真も撮れやしない。坂の多い東京の町は、高低があって見晴らしがおもしろいのである。それを遮ってしまうとは、いかに安全のためとはいえ、無風流もはなはだしいではないか、と私は思った。その反面、同じ坂道の途中に、昔ながらのカラタチの垣根がのこっていて、青い実をつけているのを発見したときは嬉しかった。

鎌倉のこと

古い話で恐縮だが、昭和二十年の空襲で焼け出されて、東京から鎌倉に移ってきたので、私はもうかれこれ四十年近く鎌倉に住んでいることになる。いや、もっと正確に書けば、鎌倉には戦前から私の祖母や伯父が住んでいたので、私は小学校に入学する以前から、しょっちゅう横須賀線で鎌倉に遊びにきていた。昭和十年代前半の鎌倉を、少年の目でつぶさに眺めていたというわけである。

しかし現在、鎌倉の町もすっかり変ってしまった。つい数年前までは、いたって静かな町だったのに、どういう風の吹きまわしか、今では行楽シーズンにどっと観光客が押し寄せてきて、鎌倉の住民はおちおち散歩もできず、車を出すこともできなくなってしまった。雑誌のグラビヤには、やれどこのお寺が結構だとか、やれどこのお店が美味だとか、やたらに紹介記事が目につく始末で、古くからの鎌倉の住民は狐につままれたような気分である。

私は明月院の近くに住んでいるが、あじさいの季節には道路も押すな押すなの雑踏ぶりで、うっかり自家用車でも出そうものなら、「まあ、こんな人混みに車を乗り入れるとは、なんて非常識なひとでしょう」と観光客から文句をいわれる。冗談ではない、私たちにとっては生活のための道路である。観光客に道路を占領されて、車も出せないようではたまらない。

そんなわけで、私は現在の騒然たる鎌倉については、とても書く気がしないのだ。書くならば、私の記憶のなかに美しいイメージとして残っている、静かな昔の鎌倉について書きたいと思う。この気持、どうか分っていただきたい。

さて昔の鎌倉であるが、あれは私が八つか九つのころだったから、たしか昭和十一、二年ではなかったかと思う。夏休みに鎌倉へ行くと、駅前に大きなテルテル坊主が飾られているので、これは何事かと、びっくりしたことがあった。おそらく鎌倉カーニバルのために、市民がこぞってお天気を祈願していたのであろう。

ひっそりした駅前の広場に、夏のぎらぎらした陽に照らされて、大きな白い紙のテルテル坊主がぬっと立っているすがたを、私は今でもありありと思い出すことができる。

やはり同じころだと思うが、材木座の海岸に桟橋が設置されて、そこから小さな遊覧船が発着していたことがあった。遊覧船は浦島丸と乙姫丸で、船底をガラス張りにして海中をのぞけるような仕掛けに造ってあり、船客がのぞくと、海中に飛びこんだ海女《あま》が泳いでいるすがたが見える。私も手すりから身を乗り出して、海中をのぞきこんだ記憶があるが、なんだかガラスがぼんやり曇っていて、よく見えなかったようにおぼえている。

今では材木座も由比が浜も、高速道路ができたために砂浜がめっきり狭くなってしまったから、とてもこんなことをやるだけの余裕はないだろう。とても考えられないことではある。

鎌倉山に鎌倉山ロッヂという、いかにも昭和初年のモダン建築らしい、しゃれた木造のホテルがあったことも忘れがたい。小さいながらダンス場やバーがあり、階段の途中にはステンドグラスのはめこまれた窓があって、芝生のテラスからは片瀬の海と江の島を見わたすことができた。石川淳の初期の『白描』という小説(昭和十四年)に、この鎌倉山ロッヂが出てくることを付言しておこう。

由比が浜の海浜ホテルは終戦の年に焼けてしまったが、この鎌倉山ロッヂは戦後まで残っていて、私も何度か泊ったことがある。七月十四日、ここで仲間とともにパリ祭を開催し、夜を徹してどんちゃん騒ぎをしたこともある。たまたま撮影のために来日していたフランスの映画人が宿泊中で、日本の若者がパリ祭をやっているのを、ふしぎそうに眺めていたのを思い出す。イヴ・シアンピ監督といっしょに『忘れ得ぬ慕情』を撮るために来日していた録音技師のルネ・サラザンさんというひとだった。

終戦後まもなく、若宮大路の郵便局の隣りの空き地に、オゾナーと呼ばれた野外の映画場ができて、夏の夜など、私たちは団扇《うちわ》でぱたぱた蚊を追いながら映画を観たものであった。野外だから、もちろん夜でなければ興行はできない。あれも今ではなつかしい思い出である。

Ⅵ

中井さんのこと

私は中井英夫さんより六つも年少だが、どういうわけか、いつも彼に対して同時代という意識がある。六つも年が離れていれば、ずいぶん相手がオジンのように見えるはずなのに、ちっともそれを感じさせないのは、たぶん中井さんが身も心も飛びぬけて若づくりであるためだろう。

もう一つ、私が中井さんに対して同時代意識をおぼえるのは、おたがいに東京生まれの東京育ちで、しかも少年時代に住んでいたところがきわめて近かったという理由のためでもある。中井さんは田端であるが、私は駒込の中里町である。田端の高台から駒込駅のほうに向って坂を降りてくると、滝野川第七小学校というのがある。私はこの小学校のごく近くに住んでいた。環状線の内側で、ついわが家のうしろを山手線がはしっていた。踏み切りを越えてまっすぐ行けば聖学院中学校、さらに足をのばせば霜降橋にいたる。つまり中里町というのは、田端と本郷の高台のあいだの谷間のような地域だと思えばよいであろう。

そろそろ戦争のはじまりかけた昭和の十年代、この田端から池袋にいたる一帯に住んで少年時代を送った文学者の名前を、こころみに山手線の駅名に沿って列挙してみようか。まず日暮里には吉村昭がいた。田端には中井英夫がいた。駒込には私がいた。巣鴨には安田武がいた。大塚には田村隆一がいた。そして池袋には種村季弘がいた。もちろん、そのほかにも多くのひとがいただろうが、たまたま私の記憶に思い浮かんだひとの名前をアトランダムに挙げたまでである。最年長が中井英夫と安田武の大正十一年（一九二二）生まれで、最年少が種村季弘の昭和八年（一九三三）生まれである。私はその中間の昭和三年（一九二八）だ。じつは田村隆一が最年長だとばかり思っていたのに、しらべたら中井さんのほうが上だった。

中井さんに初めてお目にかかった日のことは、はっきりおぼえている。どこかで中井さんも書いていたと思うが、もういまから二十八年も前のことだ。二十八年。いやはや、ずいぶん長く生きてきたものだと思わないわけにはいかない。

私を中井さんに会わせてくれたのは、そのころ角川書店の編集部にいた須藤隆さんだった。いまでは永井淳のペンネームで、ベテラン翻訳家として活躍しているひとである。おそらく本誌の読者なら、だれしも一度くらいは永井さんのお世話になっているにちがいない。私は仕事がなくて貧乏だったので、なにか翻訳の仕事でもさせてもらえないかと、ときどき永井さんを角川書店にたずねていた。翻訳原稿を持ちこんだこともある。永井さんと知り合ったのは、鎌倉に住んでいた映画評論家岡田真吉さんの紹介によるが、まあそんなことはどうでもいいだろう。

中井さんは当時、角川書店から出ていた雑誌「短歌」の編集長で、その名は若い文学青年のあいだに鳴りひびいていた。あたかも寺山修司や春日井建がデビューしたころで、短歌界の一部には新しい感性の胎動のごときものが感じられていたようだ。その仕掛人が中井さんだったのである。もっとも、私自身は短歌界の事情にまったく暗かったから、中井さんと初めて会って、なにを話したかまるでおぼえていない。

会ったのは、たしか飯田橋駅前の喫茶店だったと思う。鬱陶しい季節で、外には雨が降っていたように思う。しかしこれは記憶の修正作用によるものかもしれず、じつは雨なんか降っていなかったかもしれない。中井さんは寡黙で、ぽつりぽつり三島由紀夫のことなどをしゃべったような気もするが、それもおそらく記憶の修正作用で、前にも述べたように、私はこの日の会話をまるでおぼえていないのである。

その後も、中井さんとはそれほど何度も会っているわけではない。おたがいに文壇づきあいのごときものを好まぬせいか、数年に一度ぐらいで顔を合わせているにすぎない。それでも私は『虚無への供物』の出版記念会に出席したのをおぼえているし、いつだったか、誘われて中井さんお馴染みの新宿のバーへ行ったこともおぼえている。作曲家の矢代秋雄が死んでから、逗子の矢代未亡人の家で顔を合わせたこともあるし、私が泉鏡花賞を受賞したときには、中井さんはわざわざ金沢まできて受賞式で話をしてくれた。そうそう、羽根木の中井さんのお宅で行われた薔薇の会に呼ばれたことも楽しく思い出す。

あれはたしか薔薇の会と同じ年、昭和五十六年だったと思うが、鎌倉の私の家でお花見をやったとき、中井さんはロマネ・コンティそのものではないが、ロマネ・コンティ村の葡萄畑で穫れたとかいうブルゴーニュの瓶をかかえて、わが家へきてくれたことがあった。酔っぱらった連中が口々に、

「うむ、さすがにロマネ・コンティはうまいな」

そのたびに中井さんは苦笑して、

「いや、ロマネ・コンティじゃないんだよ。ロマネ・コンティ村の……」

こういう律義さはいかにも中井さんらしくて、聞いている私は愉快だった。

とにかく私にとっては、中井さんはいつでもやさしい先輩だったということに尽きるようである。二十八年。ずいぶん長いようでもあり、あっという間に過ぎてしまったようでもある。

東勝寺橋

もう今の若いひとは知らないだろうが、神西清という典雅な文人がいて、亡くなる昭和三十二年まで、二階堂の奥にひっそりと住んでいた。このひとが昭和十一年十一月の日記に「東照寺橋のほとり、滑川もっとも美わし、黄葉多く、水は妙に冷たく澄んでいる」と書いている。この東照寺橋（正しくは東勝寺橋であろう）のほとりの一軒の借家に、私は敗戦直後の昭和二十二年から昭和四十一年まで、二十年近くも住んでいたことがある。

東勝寺橋の手前には、例の青砥藤綱が銭十文を落したという石碑が立っていて、たしかに神西さんのいう通り、この橋の上から眺める滑川の風景は美しかった。樹々の枝が水の上に張り出していて、とくに新緑の候、黄葉の候がよい。私は知らないが、たぶん戦前の昭和十一年にはもっと美しかったにちがいない。

私の家は川に面した二階屋で、二階のガラス戸をあけると、いつでもその美しい滑川の風景を眺めることができた。ずいぶん古い陋屋で、トタン屋根の上にはぺんぺん草がはえており、二階で貧乏ゆすりをすると、ぐらぐら棟ごと揺れるような安普請だったが、滑川の景観にめぐまれているところだけが取柄で、五月の候なんか、家ぜんたいが若葉の緑につつまれたような感じになる。

夜、二階で寝ていると、ぽちゃぽちゃと川の中をあるいているひとの水音が聞こえてくることがあった。懐中電灯をもって、ウナギを獲っているのである。台風になると川の水がふえて、どうどうと音を立てて逆巻く。水があふれやしないかと心配したことも一度ならずあった。

夏の夜なんか、川に面した窓のガラス戸に、ぴたっと吸盤で吸いついて、黒いヤモリが二、三匹、室内の灯に誘われる虫をねらっていることもあった。樹が多いから虫も多かったのである。鳥もよく来たもので、ベランダの手すりにフクロウがとまって鳴くこともあった。

私が二階の窓からのぞいていると、ベレー帽をかぶって、ひょろひょろと背の高い青年が、自転車に乗って、東勝寺橋の上をさっと走りすぎることがあった。若き日の立原正秋で、彼はそのころ、東勝寺橋の奥に住んでいたのである。立原正秋がベレー帽をかぶっていたというと、疑わしそうな顔をするひとが多いが、これは本当のはなしである。少なくとも昭和二十年代の立原は、私の記憶にあるかぎり、着物なんぞ着ていたことは一度もなかった。

私と立原とは、家の近所でもよく顔を合わせたし、駅前のマーケットの飲み屋なんぞで同席することもしばしばだったが、ついに一度も口をきかなかった。おたがいに顔は知っていたのに、名のり合うことをしなかった。若い時分には、よくあることである。

かように立原には縁がなかったけれども、滑川のほとりの私の家には、妙にひとを惹きつけるものがあったらしく、八畳の二階にはいろんな人物が次々にあらわれた。三島由紀夫や横尾忠則がきたこともあり、池田満寿夫や唐十郎がきたこともある。三島さんを別とすれば、多くはまだ無名か、さもなければデビューしたばかりの連中で、めんめん私の家にあつまっては、夜を徹してとめどもなく酒を飲んだものだった。今ではとても考えられないが、そんな時代があったのだ。

昭和四十一年に北鎌倉に移るまで、私はこの東勝寺橋のたもとの家で、どれだけ多くのひとと語らい、どれだけ多くのひとと酒を酌み交わしたことであろう。よくまあ、あんながたぴしした家が、これだけの人数の重みを支えたものだと思うほどである。

東勝寺橋をわたって奥へはいり、トンネルのある山を越せば、やがて名越の町に出る。いつだったか、新橋あたりで西脇順三郎さんとお会いしているとき、ふと私は思い出して、

「先生の『旅人かへらず』のなかに、たしか名越の山々ということばが出てきましたっけね。名越のあたりはよく御存じなんですか」

するとと耳の遠い先生のおっしゃるには、

「え、名古屋？　私の詩には名古屋なんぞ出てきませんよ」

これには私も閉口して、二の句が継げなかったのをおぼえている。

さようなら、土方巽

土方巽と私とは、三十年におよばんとする付き合いでした。最初に私を土方巽に紹介したのは三島由紀夫でしたが、今から考えてみますと、この昭和三十年代、つまり一九六〇年前後の私たちの付き合いには、なにか運命的なものを感じないわけにはいきません。

そのころ、つまり一九六〇年前後の話ですが、私も土方巽もようやく三十代に入ったばかりで、仕事の面でも互いに影響をあたえていたと思います。ちなみに、土方巽も私も昭和三年生まれの同年で、まさに同時代という感覚を共有しておりました。

もちろん、彼は秋田県の生まれだし、私は根っからの東京育ちですから、育った環境はまったく違う。戦争中、彼は予科練に志願したそうですが、その話は一度も聞いたことがない。九人兄弟の末っ子で、子どものころ、イズメというカゴに入れられて、田んぼのかたわらにほったらかしにされていたという幼年時代の話はずいぶん聞かされましたが、ふしぎなことに戦争中の話は聞いたことがありません。どうも嘘らしい。

いまでは信じられないかもしれませんが、十八歳で秋田から上京してきた彼が、はじめて東京で付き合った友人たちの多くは、すでに鬼籍に入っています。たとえば舞台装置家の金森馨のようなひとがいます。寺山修司も死にました。死屍累々です。五十七歳まで生きた土方巽は、もしかしたら生きすぎたといえるかもしれません。

私は土方巽といっしょに、房総の海や軽井沢にあそんだときのことを思い出します。彼は海岸の砂浜の上でも踊ったし、浅間山の火山灰地の草原でも踊りました。彼はまさに舞踊を生きておりましたから、どこでもかしこでも踊らずにはいられなかったのでした。

ミスティフィカトゥールというのがあります。ひとを煙に巻くひとを、ミスティフィカトゥールといいます。土方巽はたいへんなダンディーでしたから、嘘だか本当だか分らないような神話の雲を自分のまわりに張りめぐらして、好んでひとを煙に巻くのでした。最後には、あたかもその土方神話を完成するためでもあるかのように、一カ月そこそこの短い期間のうちに、あっというまにこの世から消えて行ったのでした。そうして永久に神話の中の人物になりました。にくい男です。

ヒジカタ・タツミ。ヒジカタ・タツミ。この名前のリズムのすばらしさは、いったいどこから来ているのでしょう。いままでだれも、この点を問題にしたひとはいなかったと思いますが、このヒジカタ・タツミという芸名を考え出しただけでも、彼の詩人的天才は証明されると思います。

私たちのまわりには、もう土方巽のような破天荒な人間を見つけ出すことはできないでしょう。戦後の疾風怒濤時代が生んだ、彼もまた一個の天才でした。世紀末になって、ハレー彗星が近づいてきたから、彼はもう地球におさらばしようという気になったのかもしれません。

さようなら、土方巽。つつしんで冥福を祈ります。百年たったら、また復活して生きていらっしゃい。

玉虫の露はらい

もう数年前のことになるが、或る雑誌に私が玉虫に関するエッセーを書いたところ、その雑誌の編集者を介して、奥本さんから私のもとに一匹のめずらしい玉虫が贈られてきたことがあった。まだ奥本さんと面識のないころである。御本人よりも一足先に、一匹の光りかがやく玉虫が露はらいをしたわけだ。いかにも奥本さんらしいギャラントリーだと思って、私は感心した。その後、今度は奥本さん御自身が北鎌倉の拙宅にあらわれて、大いに飲みかつ談じる一夕を私どもが楽しんだのは申すまでもない。

私はかつて昆虫少年と呼ばれたほどの虫好きだが、虫屋を自称する奥本さんは、私などとは段ちがいの筋金入りのスペシアリストである。フランス文学専攻で、しかも根っからの虫屋というのはめずらしい。明治の文明開化以来、日本では初めてのことかもしれない。これは文学者として絶大な強味であって、こういうひとは必ず概念よりも物を重んじるのだ。少なくともリゾーム（根茎）を見たことも食ったこともなくて、リゾームなどと口ばしっている人間は、こういうひとの精神に学ばなくてはいけないと私は信じている。

回想の足穂

かつて三島由紀夫が述べたように、稲垣足穂の「エッセイ的小説、小説的エッセイは、昭和文学のもっとも微妙な花の一つ」である。昭和も六十年代を迎え、三島も足穂も死んだ今となって、それが私たちにはしみじみと感じられるようになった。

稲垣足穂の昭和三十年代の作『少年愛の美学』は、多くの足穂作品がそうであるように何度か同人誌の誌上で改作され増補されて、徳間書店から単行本として出たのは昭和四十三年のことだった。この単行本の帯に、依頼されて私は「足穂頌」という推薦文を書いている。熱心な少数のファンをのぞいて、当時はまだ足穂の存在がほとんど知られていない時期だったから、私は足穂文学を世に紹介するような調子の文章を書いている。考えてみると、足穂文学が一種のブームのようになったのは、この昭和四十三年以降のことだった。そのころのことを、私は苦々しい思いなしに回想することができない。しかし今や足穂も世になく、もちろんブームもめっきり下火になって、私たちは虚心に足穂文学と相対することができるようになった。そんな気がする。

作者みずから「はしがき」で述べているように、この『少年愛の美学』は「ヒップを主題とする奇想曲」と呼んでもよいだろう。連想のおもむくままに、自分の身辺的な経験やら古今東西の文学の中のエピソードやらをモザイクのように雑然と継ぎはぎして、足穂独特のノスタルジックなエッセイの世界を形づくっている。ヒップ、A感覚、少年愛は足穂のエロス的世界の三位一体ともいうべきもので、この三つの観念を基盤として、足穂の形而上学や道徳や美学が構築されるのだ。そして窮極的にはすべてがA感覚の一元論に吸収されて、あとには宇宙的虚無的ノスタルジアともいうべきものが、そこはかとなく漂う。これが足穂のエッセイの醍醐味といえばいいえるであろう。

私事にわたるが、足穂がこの『少年愛の美学』をこつこつ同人誌「作家」に連載しているとき、私はしばしば足穂と手紙のやりとりをしたり、あるいは新しく出た自著を送ったりしていたので、私の提供した情報がずいぶん多くエッセイの中に採用されることになった。「はしがき」の冒頭にラブレーに関する見解が出てくるが、あえて種をあかせば、これは私の訳したロベール・デスノスの『エロティシズム』の中にある作者の見解である。そのほかジル・ド・レエに関する部分、ヘリオガバルス帝に関する部分、またサドやユイスマンスや『ニルス・クリムの地下旅行』などに関する部分は、私の提供した情報を足穂がそのまま採用した部分といってよいだろう。私はべつだん足穂のエッセイのために資料を提供しているつもりはなかったのに、足穂さんが勝手に使ってしまったのである。無邪気でもあり無頓着でもある足穂さんらしいやり方だ。

これは伏見桃山の婦人寮職員宿舎でお目にかかっているときだったと思うが、私は一度、『少年愛の形而上学』というのはラテン語でどう書くのか、と足穂さんから質問されて面くらったことがあった。最初は「美学」ではなく「形而上学」という題だったからで、「美学」は単行本のときに初めてつけられた題だったのである。

足穂の飛行機好きは有名だが、足穂の飛行機がかならず飛ばない飛行機、あるいは落っこちなければいけない飛行機であったのと同様、ともすると足穂の少年愛も、実行を伴わない少年愛ではなかったろうかという気がする。だから、この『少年愛の美学』を実践的なホモセクシュアルのすすめだなどと思ったら、それこそとんでもない見当違いであって、「ときわの山の岩つつじ」ではないが、むしろ官能の歓びは断念にあるとさとったほうが足穂の真意に沿っていよう。「地上とは思い出ならずや」というのが足穂の基調音であるから、一切のことはすでに終っているのであり、少年愛の基礎をなすA感覚さえ、すでに感覚の感覚、すなわち前セックス的エロスでしかありえないのだ。宇宙的ノスタルジアのごときもの、といい変えてもよろしかろう。

昭和初期のモダニズムめいた、きらびやかな金属的な美学とは裏腹に、結局は稲垣足穂の理想は、かくて日本の隠者の理想にかぎりなく近づくのではないか、というのが私の観測である。日本の中世の捨て聖《ひじり》のように、足穂は一切のものを放下する。そうして解脱する。エロティシズムの領域においても、それは変らない。飛ばない飛行機、落っこちる飛行機を理想とする足穂は、エロティシズムの領域においても「何もしないこと」の晴朗無上な禁欲主義をおのずから体現しているのだ。

足穂については、これまでにも何度となく語ってきたが、また語る羽目になってしまった。年月とともに、私の思い出の中の足穂さんのイメージもいよいよ浄化されて、美しく結晶してゆくような気がする。

今さんの思い出

昭和二十四、五年ころ、私はよく今日出海さんのお宅にうかがったものであった。考えてみると、もう三十年以上も前のことになるわけで、感慨にたえないものがある。

今さんはそのころ、鎌倉雪の下の大佛次郎さんの家の近く、私の家からも歩いてすぐのところに住んでいた。私は大学の試験に落ちて浪人中だった。周囲に文学の話を聞く先輩もいなかったので、私は厚かましくも今さんのお宅に足を向けたのだった。今さんは四十代の半ばだったはずだが、青二才の私を、うるさがりもせずに迎えてくれた。

初めてお目にかかったのは昭和二十三年、私がアルバイトで勤めていた雑誌社の娯楽雑誌『モダン日本』の編集者として、鎌倉浄明寺の林房雄さんの家にお邪魔していたときだったと思う。たまたま、そこへ今さんがあらわれた。いまでもよくおぼえているが、季節は夏で、今さんは半ズボンをはいて自転車にのって、汗をふきふきやってきた。

林さんの家は、山に囲まれたしずかな谷戸の奥の、しゃれたシナ趣味の家で、庭には石だの芭蕉の樹だのが配置されていたようにおぼえている。おふたりは籐椅子にかけて、冷たいものを飲みながら談笑しはじめた。涼しげなセミの声がしきりであった。

林さんから今さんに紹介されたとき、私は自分が旧制浦和高校の出身で、将来はフランス文学を志望していることを今さんに告げた。今さんが高校の先輩であることは前から知っていたのだった。

いま考えると恥ずかしいほど、若い私は衒気いっぱいであったが、おふたりは寛容の微笑とともに、私の語ることをよく聞いてくれたのであり、そうして一人前に扱ってもらうのが私には殊のほか嬉しかったのである。

その後、アルバイトを求めていた私のために、今さんは翻訳の下請けを私にさせてくれたこともある。ジョルジュ・シムノンの『霧の港』という推理小説で、そのころ推理小説シリーズを出していた雄鶏社から出版される予定の本だった。

私が翻訳という仕事に手を染めたのは、このときが最初である。二十一歳だった。

いよいよ翻訳が完成して、二百枚ばかりの原稿をもって、得意になってお宅にうかがうと、今さんはぱらぱらと原稿用紙をめくってから、苦笑を浮かべて、

「なんだい、こりゃ。わけが分からん。きみ、シュールレアリスムのつもりで訳しちゃ困るよ。一般読者に分からなければだめだよ」。

私は一言もなく、首を垂れているほかはなかった。それでも今さんは報酬として、当時としては破格の翻訳料を私にめぐんでくれた。ずいぶん御迷惑をかけたものだと、いまにして思う。のちに翻訳をたくさんやるようになった私だが、このときの今さんのことばはいつも自戒のことばとして私の耳にひびいている。

今さんはお宅の庭に小屋を建てて、そこを仕事場にしていた。ちょうど私がそこにお邪魔しているとき、おかしな男がたずねてきたことがあった。徳田秋声の息子で、若いころ小説を書いていた徳田一穂である。最初は世間話をしていたが、やがて、なにか無尽のような会に今さんを誘うべく熱弁をふるい出した。

だんだん今さんが不機嫌な顔になり、ついには腕をくんだまま、むっとだまりこんでしまうのを、私ははらはらしながら横で見ていたものである。最後はどうなったか、もうおぼえていない。たぶん、一喝して男を追いかえしてしまったのではなかったかと思う。

みながみな、今さんの人格の円満だったことをいうが、じつは令兄の東光さんとよく似て、喧嘩っぱやいことでも有名だったのであり、腕っぷしの強いことでも有名だったのである。私はそういう今さんが好きだ。

大学にはいるとともに、ぷっつりと今さんのお宅から足が遠ざかって、そのまま三十数年が、あっという間にすぎてしまったのだから、私としては慚愧にたえないものがある。

あのころ私が知っていた今さんよりも、現在の私自身のほうが、はるかに馬齢を重ねているのだと思うと、いまさらのように歳月の速さを痛感せずにはいられない。

私が今日出海さんのことを筆にしたのはこれが初めてだが、初めて筆にしたとき、すでに今さんがこの世にいらっしゃらないとは悲しいことだ。つつしんで御冥福を祈る。

矢牧一宏とのサイケデリックな交渉——『矢牧一宏遺稿・追悼集』

矢牧一宏さんと最初に出会ったのはいつのことだったか、記憶をほじくり返してもさっぱり思い出せない。ただ、はっきりおぼえているのは、私が東大生であったころ（というのは昭和二十六年ごろだったと思うが）、ある日、東大から本郷の坂をお茶の水の駅へ向って降りてゆくと、ちょうど坂の途中で、しゃれたネクタイをして歩いてくる矢牧さんとばったり顔を合わせ、しばらくそこで立ち話をしたことがあったということだ。

とすると、この時すでに知り合っていたわけだから、おそらく初対面はもっと過去にさかのぼるだろう。

石川淳の『白頭吟』のなかに、「われわれ同時代の青春は、一度あえば二度、二度あえば三度、かならずどこかでぶつかるにきまっているものだ」という感懐を述べる青年が出てきたものだが、たしかに同じ時代、同じ東京に育った私たちは、それぞれ中学や高校は違っていても、どこかでかならず出会う運命にあったといえばいえるかもしれない。私は矢牧さんより三、四年後輩だと思うが、つねに同時代という意識はあった。

昭和二十年代以後、ふっつり途絶えていた矢牧一宏との交流が、ふたたび始まったのは昭和四十年代になってからだった。或るとき、松山俊太郎さんと内藤三津子さんが拙宅に見えて、新雑誌「血と薔薇」を発刊する企画があるから責任編集をやってほしいと私に申しこんだ。矢牧さんはその雑誌の製作者というかたちで、発行者たる神彰さんと共同で経営にあたっていた。ちょうど六〇年代が終ろうとしている時期だった。私にとっても、なにか新しい分野で自分の可能性をためしてみたいという気がないこともない時期だったから、この新雑誌の企画には二つ返事で乗った。私も若かったので、今だったら、とてもそんな蛮勇はないだろう。

すでに十数年前の過去になってしまったが、その当時のことを考えると、私の頭にもやもやとした思い出の霧のようなものが立ちこめる。その思い出の霧をつんざいて、赤や青のストロボがぱっぱっと点滅する。そう、サイケデリックということばが流行していたころで、赤坂や青山には新しいディスコテックがぞくぞく建ちはじめていた。私は連夜のように、矢牧さんをはじめとする新雑誌のスタッフとともに、編集会議ということを口実にして酒を飲んでは、そういう場所に繰りこんだことをおぼえている。

悪夢のような思い出といえば大げさになるが、なにかやるせないデカダンスの味と、ほろ苦い悔恨の味とが混り合ったような、奇妙な気分に誘いこまれる思い出である。もしかしたら、私がこんな気分に誘いこまれるのは、一つには、この連夜のような乱痴気さわぎの果てに、新雑誌の執筆メンバーであった三島由紀夫が自殺してしまったというような印象があるためかもしれない。

めっきり頭が薄くなったことを気にしながらも、矢牧さんはそのころ、まだ元気いっぱいで夜の東京に流連荒亡していた。口論のあげく、思わず手をふりあげて神彰さんの頭をぽかりとなぐってしまうような、稚気満々たるところを私たちに見せてくれもした。

しかし、この六〇年代末から七〇年代初めにかけてのサイケデリックな交渉が一段落すると、ふたたび私は矢牧一宏と疎遠になった。「一度あえば二度、二度あえば三度」と『白頭吟』のなかの人物はいったが、残念ながら、三度目に親しくなるチャンスはもうなかったのである。

今はただ、つつしんで冥福を祈るしかない。

たのしい知識の秘密——林達夫追悼

近ごろ、若い学者たちのあいだでgai savoir（たのしい知識）ということばがキャッチフレーズのように使われているが、この理念を日本でもっとも早くから実践していたひとが林達夫さんだったと私は思っている。これは前にも一度書いたことがある。その「たのしい知識」の草分けたる林さんも、つい先日、八十七歳の天寿を全うして亡くなられた。「たのしい追悼文」というのは不謹慎かもしれないが、この文章も、せめて林さんの学風にふさわしく、いたずらに深刻ぶったりせず、軽やかなものにしたいと私は念じている。

私が初めて林達夫の名を知ったのは、敗戦後二年目か三年目、そのころ私が愛読していた日本文壇中の数少ない作家であるところの、石川淳および花田清輝の書いたものからだった。いうまでもなく私は学問には縁がないほうであり、「思想」の編集にたずさわっていた戦前戦中の林さんをまったく知らないので、もっぱら戦後の文学者の作品から林さんの名を知ったのである。鎌倉に住んでいるくせに、敗戦後数年間、林さんが教授をつとめた鎌倉アカデミアのことも全然知らなかった。

たとえば昭和二十二年に雑誌「人間」に発表された石川淳の短篇に「いすかのはし」というのがある。ちなみに、この短篇はおそらく作者の棄却するところとなって、現行の岩波版の「石川淳選集」には収録されていない。敗戦直後の荒々しい、やけくそな、しかし奇妙に明るい雰囲気の横溢した短篇で、作者自身とおぼしい作中の「貧生」は泥棒に万年筆を盗まれ、もはや文学生活の破滅だと観念して、あっさり首をくくって死のうとさえする。この八方やぶれの小説のなかに、「無頼の貧生にとってはたった一人の博雅の友だち」という言いかたで林達夫の名があらわれ、作者に「ガルニエ版二冊本のレジャンド・ドオレ」を贈与するのだ。レジャンド・ドオレとはフランス語で『黄金伝説』のことである。

花田清輝の場合も、私がそこに林達夫の名を見出したのは昭和二十四年の「人間」誌上で、「残るべき戦後文学作品は何か」というアンケートへの回答だった。花田はそこに林達夫の『歴史の暮方』と『三木清の思い出』とを「戦後の批評文の最高水準を示すものとして」挙げていたのである。しかも、「三木清の名はこの文章のおかげで、わずかに後世に知られるでしょう」とまで書いているのだから、たいへんな持ちあげようである。

しかしこの花田の大胆な予言も、タイプは違うが山口昌男のような思想家の出てきた現在、やがて事実になるのではないかという見通しを立てしめるに十分であろう。

石川淳と花田清輝とがこれほど畏敬の念をもって付き合っている文壇外の人物とは、いったいいかなる人物であろうか。――というのが私の林達夫に対する関心の出発点だったわけで、それはむしろ謎といったほうがよいようなものであり、のちにその作品を少しずつ読むにおよんで、ようやく私には、その謎が解けたという次第なのである。

といっても、私はここで林達夫の学問や業績や、あるいは思想や人間を正面から論じようとは思わない。それは私の手にあまることであり、それにはそれに向いたひとが、どこかで私のかわりにやってくれることでもあろう。私はただ、自分の目で見たり感じたりしたことを、自分の関心に引きつけて語りたいと思っているだけである。

考えてみると、私に林さんの追悼文を書く資格があるのだろうかと疑われるくらい、個人的な接触はごく一時的なものにすぎず、お会いしたのもわずか二度にすぎない。前にもちょっと書いたことがあるが、六〇年代の後半、さる出版社の古典シリーズの刊行計画の仕掛人として、こちらから林さんに働きかけたところ、意外にも打てば響くように、林さんの懇篤な手紙をいただくことになり、それからしばらく文通がつづいたのだった。また文通の期間がすぎてからは、しばしば電話を頂戴した。

私は電話ぎらいで、おまけに昼間でも寝ていることが多いのだが、さすがに林さんの電話には飛び起きて、その都度、ばたばた二階から駆け降りないわけにはいかなかった。「文藝」に、

『思考の紋章学』を連載していたのは昭和五十年から五十一年にかけてのことだが、雑誌が出るたびに林さんから電話で拙作の読後感を聞かされた。林さん以外のだれが、こんな無私な情熱で、自分よりはるかに年の若いひとの作品を読むだろうか。老来、とみに耳が遠くなった林さんは、ほとんどいつも一方的にしゃべり、私はもっぱら幸福な聞き役に甘んじた。それでも、ときどきは電話口で大声を出す必要に迫られたのは申すまでもない。

それからそれへと発展する林さんの話の内容は、いま咄嗟に思い出すだけでも鷗外のこと、荷風のこと、モーツァルトのこと、ドン・ジュアンのこと、ヨーロッパの紋章学のこと、ピカレスク小説のこと、中世のモラリティー（道徳論）のこと、カルデロンの『人生は夢』のこと、ピーター・ブルック演出のシェイクスピア劇のこと、ジルベール・デュランの『想像力の人類学的構造』のこと、ヨーロッパ旅行の際に見たヒエロニムス・ボッシュが意外につまらなかったこと、死んだ作曲家の矢代秋雄のこと、ノーマン・ブラウンの『エロスとタナトス』のことなどで、とてもここに書き切れるものではない。

知的好奇心は年をとるにしたがって動脈硬化をきたすのが普通で、げんに私などにもその徴候はすでに現われかけており、場合によってはそれが良い結果を生むこともあると私は都合よく考えているのだが、林さんの場合は、年とともにますます関心の幅が広がっていったような節がある。八十歳に近くなって、いまスペイン語を勉強していると楽しげに語ることのできるひとが、世間にそうざらにいるとは思えない。それも、観光旅行のためというのではなくて、アギラール版全集でバルタザール・グラシアンの『エル・クリティコン』を読み、フェルナンド・デ・ロハスの『ラ・セレスティーナ』を読もうというのだから恐れ入る。

ここで注意すべきは、林さんはついに自分の学問を体系的にまとまった形で提出しなかったが、体系的にまとめる構想はつねに立てていた、ということだろう。そこが単なる拡散したディレッタントと違うところで、学生のための講義のプランを立てる必要もあったのだろうが、たとえば「ルネサンスからバロックへの芸術・技術・科学の推移」だとか、「アトリエ・アカデミア・マニュファクチュア」だとか、「聖なる祝祭から俗なる祝祭へ」だとか、いつもいろんなキャッチフレーズめいたプランを頭の中で煮えたぎらせていたとおぼしい。そして、それが例によって構想だけで、本は必ず書かずじまいに終るのである。

「彼はその学問を書かないことによってそれを証明するという逆手をとるほかはなかった」と高橋英夫が適切に述べているが、こうなると本を書かないということは、本人の意志というより、林さんの学問の要請だとしか思えなくなってくる。あれほど文章のうまいひとが、この理不尽な要請に従っているのはさぞ辛いことだったろうな。一瞬、そんな思いが頭をよぎったりする。しかし、この判断はたぶん間違っていよう。書かないということを、私たちはどうしてもネガティヴなことのように考えがちであるが、必ずしもそう考えるにはおよばないのだ。書かなければ書かない分だけ、書くこととは別のポジティヴなものが人間の生活の中にきっと突出する。私には絶対に真似のできないことだが、それを信ずることができないほど、私の精神生活は貧しくないという自信だけはある。

私には、どうやら「たのしい知識」の秘密も、このあたりにあるような気がしてならない。

お目にかかっていればよかったの記——齋藤磯雄追悼

齋藤磯雄さんには、ついに生前、一度もお目にかかる機会をもたなかった。私の著作集に推薦文まで書いてくれたひとに、どうして一度もお目にかからなかったのかといえば、それはひとえに私の骨がらみになった人見知りのせいというほかない。いい年をして、人見知りもないものだといわれるかもしれない。しかし私は手紙のやりとりだけで満足していたのである。そんなに早くお亡くなりになろうとは、夢にも思っていなかったのである。

昨年九月、齋藤さんがお亡くなりになったとき、私は初めて西武線の田無という駅に下車して、御自宅をさがした。もう暗くなっていた。さがしあてた御自宅には弔問客もなく、すでに葬儀をおえた御遺族、奥さんと息子さんが水入らずでくつろいでおられた。奥さんのお話によると、齋藤さんは私に会ってみたいという気持を洩らされたことがあるそうである。それを聞くにつけても、私は自分の人見知りが悔まれてならなかった。

いつだったか、「翻訳の世界」という雑誌から依頼されて、私は齋藤さんの翻訳について書いたことがある。すなわち世間一般の評価では、齋藤さんの訳文は豪奢な美文ということになっているが、かならずしも然らず。ごてごてした装飾過多の文体とは、まるで違う。むしろ「経済の法則」に合致した、短い、凝縮された、簡潔な文体であると。そして私は齋藤訳のボードレールの散文詩を引用して、その訳文のいかに簡潔にして絶妙なリズム感にみちているかを示したのだった。

これに対して齋藤さんは非常にお喜びになって、のちに同じ雑誌のインタビューでも、そのことを述べられたし、また雑誌が出るとすぐ、次のような文言の葉書を私に寄せられた。あえて引用させていただく。

「梅花の時節愈御清祥、ビブリオテカ全六巻遂ニ完結、大慶かつ祝着の至りニ存じます。本日また『翻訳の世界』誌上、拙訳ボ氏散文詩ニ関する御高評を拝読、過分とは存じながら、寥々たる知音の言、感銘此事ニ存じます。今年中にハ鎌倉ニ参上、拝眉の機を得たいと念じてをり

ます。御礼のみ、匆々不尽。」（原文は旧漢字）

私が著書をお送りするたびに、齋藤さんはいかにも明治最後の年に生まれたひとらしく、律義に礼状をよこされたものである。その文面がまた、いちいち齋藤磯雄スタイルになっているのに私は感じ入ったものだ。

この葉書にも書かれているが、齋藤さんは奥さんにこう洩らされていたそうだ。「北鎌倉には旧知の佐藤正彰が住んでいたから、よく知っている。あそこはいいところだ。一度、澁澤のうちをたずねてみようか」と。

ああ、拙宅に齋藤さんをお迎えして一献酌み交わしておけばよかったと、今にしてつくづく思う。

私のバルチュス詣で

かつての私には考えられないことだが、近ごろでは一年に二度ないし三度、京都を中心として関西にあそぶ習慣がついてしまった。なにかきっかけがあれば、すぐ出かける。きっかけがなくても出かける。このたびはバルチュス展を見るという大義名分があったから、いそいそとして出かけた。つい先々月のことである。

バルチュスは、最近になって急に株があがってきた現代フランスの画家である。これまでは一部の愛好家に知られるのみだったのに、昨年末にはパリのポンピドー・センターで、今年の初めにはニューヨークのメトロポリタン美術館で大回顧展がひらかれ、今や押しも押されもせぬ巨匠になったかの観があり、市場でも耳を疑わしめるような、億単位という破格の高値で作品が落札されるようになった。これは美術界の謎といわれているくらいの珍事である。

バルチュス展が日本でひらかれるというニュースがジャーナリズムに伝わるとともに、私のもとに原稿執筆の依頼がぞくぞく舞いこんでくるようになった。美術雑誌はもとより、総合雑誌や婦人雑誌からも五指にあまる依頼がきた。それというのも、私はすでに二十年も前からバルチュス讃の文章をあちこちに発表していたからである。

ところで、私はこれらの原稿執筆の依頼を片っぱしから断ってしまった。どこにも書かなかった。なぜか。べつにはっきりした理由があるわけではない。どうも流行しはじめたものは敬遠したくなる癖がある。内田百閒ではないが、いやなものはいやなのである。「展覧会がおわったら書きますよ」と私はお茶をにごしておいた。

京都のホテルから市美術館のある岡崎公園まで、私は仁王門通りをぶらぶらあるいて行った。汗ばむほどの陽気だが、関西地方を襲った前夜の集中豪雨がからりと晴れて、初夏の日ざしがいっそこころよい。

美術館の前にきてみると、平日の午前中というせいもあってか、観客はそれほど多くなく、私はやれやれと安心した。伝え聞くところでは、近所のおばさんや小中学生の団体までが押しかけてきて、せまい会場はたいへんな混雑だという噂だったからである。案に相違して、ひっそりとした会場を、私は自由にあるきまわって鑑賞することができた。一九八一年の「パリ・パリ展」でお目にかかって以来、バルチュスの本物には二度目の対面である。何点かの重要な作品の抜けているのが残念だったとはいえ、まずはじっくりと堪能することができたと申しあげておく。

ここで絵画プロパーの問題として、バルチュスの作品を論じる気は私にはまったくない。バルチュスの好む少女の主題を、ふたたび私なりに考えてみたいだけである。ポンピドーで公認されたからといって、とたんにバルチュスの毒が薄れたと思っているひとは、よほどおめでたいひとであろう。

バルチュスの作品には、そんじょそこらのヌード写真におけるように、エロティシズムが顕在化してはいない。しかし今日のいかなるヌード写真におけるよりも、バルチュスの潜在的なエロティシズムは強烈だと私は思う。べつの言いかたをすれば、バルチュスの少女はかならずしも性的ではない。しかし作者のたくらみは、性的な存在に達するまでの、意識と無意識のあいだにある少女を、手をかえ品をかえして描いているのである。つとに「エロスの涙」に三点もバルチュス作品を収録したバタイユは、生きていれば私の意見に同調してくれるであろう。

バルチュスの絵のなかには、しばしば鏡を見ている少女が登場する。私はレフレクションということばを思い出した。物理学的には「反射」という意味だが、心理学的には「反省」という意味になる。鏡を見る少女は、純粋客体としての少女ではなく、すでに他人の目を意識している少女、反省意識にめざめかけた少女である。またバルチュスの絵のなかには、しばしば眠っている少女が登場する。眠っている少女は、可能なかぎり反省意識から遠ざかった少女でもあろうか。

完全に反省意識にめざめてしまった少女は、もう少女ではなくて一個の女であろう。そういう女の発散するエロティシズムには、バルチュスは用はないのである。さりとて純粋客体としての少女は表現不可能である。視線を介入させなければ、エロティシズムの劇は発動しないからだ。しかし発動させてしまっては、これもおもしろくない。バルチュスの絵のなかには、したがって、うしろ向きの人間がよく登場する。これも注意してよいことだ。

つまらぬ分析のまねごとをしてみたが、こんな理屈は感覚のすぐれたひとにはぴんと分かることなので、大して意味があるとは私も思っていない。今日では、蝶よりも青虫に、青虫よりも蛹に、容易に欲望を投入することのできる世代もふえているはずだから、バルチュスが広い層に受け入れられたとしても決してふしぎはないであろう。

お断りしておくが、私はこんな面倒くさいことを考えながら、展覧会場の絵を眺めていたわけではない。名誉にかけていっておかねばならないが、私はなにも考えずに、頭をからっぽにして、ただ感覚の陶酔に身をゆだねていただけである。会場から外へ出ると、初夏の太陽に頭がくらくらするのをおぼえた。

その日、私はバルチュス詣でをすませると、京都駅から東海道線で近江の能登川へ行き、いわゆる湖東の石馬寺、金剛輪寺、百済寺などの寺々をめぐった。美の世界はひろく、すべての問題が人間に帰着する。絵画プロパーの問題なんてものは、どこにもありはしないのである。

ジャン・ジュネ追悼

ジャン・ジュネが死んだ。享年七十五。もはや貧血した散文しか書けなくなった第二次大戦後のフランス文学界にあって、あたかも血と精液のこごった宝石のような、最高に豪奢な散文を創始したのがジュネだった。突然変異の化けもののごとき稀代のスタイリスト、それがジュネだった。こんなひとはもう二度と出てこないだろう。

ジュネが初めて日本に紹介されたのは一九五三年、すなわち今から三十数年前である。朝吹三吉氏の訳になる『泥棒日記』を、そのころ二十代だった私たちの世代はむさぼるように読んだ。訳書の帯に三島由紀夫が卓抜な推薦文を寄せて、いよいよ私たちの熱狂を煽り立てた。こんな調子である。

「ジュネは猥雑で、崇高で、下劣と高貴に満ちている。二十世紀のヴィヨン、泥棒の天才、しかもその詩心にひそむ永遠の少年らしさは、野獣の獰猛な顔をした天使を思わせる」

つい三ヵ月ばかり前に死んだ舞踏家の土方巽も、そのころはジュネの熱狂的なファンで、彼の初期の舞踏にはジュネの文学作品から題材を得ているものがきわめて多い。一九六〇年七月、あの安保騒動の絶頂期から一ヵ月後、日比谷の第一生命ホールで大野一雄が踊った「ディヴィーヌ抄」は、ジュネの『花のノートルダム』に出てくる男娼を主題にしたものであった。このときの感動を私は忘れない。

あれは一九六一年九月、やはり土方巽の舞踏公演が終わってからだったと思うが、私は有楽町の駅に近い中華料理屋の二階で、三島由紀夫や土方巽とともに、ビールをのみながらジュネについて延々と語り合ったのをおぼえている。語っても語っても、なお語りつきない魅力がジュネにはあったのだ。

サルトルの膨大な『聖ジュネ、役者にして殉教者』が出たのは一九五二年だが、これを初めて読んだときの興奮も忘れられない。サルトルは進歩的文化人みたいな顔をしているくせに、よくよく悪と美の詩人が好きなんだなと私は感嘆久しくしたものだ。しかし、ひとりの批評家がひとりの小説家をあまりにも精密に分析してしまうと、その小説家の創作能力は一種の麻痺状態におちいってしまう。サルトルの評論が出てから、ジュネは小説が書けなくなり、以後はもっぱら劇作に向かった。

サルトルも指摘しているように、ジュネはどこかコクトーに似ているところがある。私はコクトーの翻訳によって文学的出発をした人間だから、ジュネの翻訳の話が舞いこんだときには、二つ返事でこれを承諾した。こうして出来たのが『ブレストの乱暴者』(原題名『ブレストのクレル』)の翻訳だった。晦渋で、煩瑣で、盛りだくさんで、しかも荘重で、優美で、絢爛としたジュネの散文を日本語に移すのに、私は骨身をけずる苦心をしたことをおぼえている。

これもサルトルの指摘だが、ニーチェやランボーよりもユイスマンスやマラルメに近いジュネの散文の世界は、私には、中世の変身譚や奇跡譚に通じるところがあるような気がしてならない。猥雑なやくざ者や徒刑囚が天使や一角獣に変身する世界、それが工業生産的な二十世紀のただなかにジュネの打ち建てた中世的な世界であろう。私はこれを、ベンヤミンが太古の世界と称したカフカの世界と比較したことがある。両者は似ているようでもあり、ちがうようでもある。

私はまだジュネの演劇についてふれていないが、日本でも六〇年代から、新宿アートシアターあたりでしばしば行われてきた『囚人たち』『女中たち』『バルコン』『黒んぼたち』などの舞台は、いずれも私にとって刺激的なものであったと申し添えておこう。

ボルヘス追悼

つい二ヵ月前にジャン・ジュネ追悼の一文を草したと思ったら、このたびはボルヘスである。愛惜の作家が次々に幽明境を異にしてゆくのを見るのはつらいが、しかしボルヘスの死には奇妙な明るさがある。かつて稲垣足穂さんが亡くなったとき、すでに生きているうちから、とっくに永遠の世界へ入ってしまった感のある稲垣さんが亡くなっても、それほど悲しみの気持は湧かないと書いたことがあるが、八十六歳のボルヘスの死に接しても、それと似たような気持を私はおぼえる。

一八九九年生まれ。日本の年号に直せば明治三十二年。ちなみに、この年にはわが国で石川淳が生まれているということを特記しておきたい。ボルヘスがプラトニズムなら石川さんはタオイズムであろう。東と西の差こそあれ、いずれも無をからめとるための精神の武器である。タオイズムを道教と訳しては興ざめなので、ここでは老荘思想という訳語をあてておこうか。すでに周知のことながら、ボルヘスを日本に最初に紹介したのは篠田一士である。一九五〇年代前半のことだった。ようやくフランスでボルヘスが知られはじめた時期に、さして遅れてはいない日本への導入だった。かりに文芸評論家篠田一士の名前の忘れられることがあるとしても、ボルヘスの最初の紹介者たる篠田氏の名前は永遠に記憶されるであろう。これは冗談。フランスにおける篠田氏のごとき人物、すなわちボルヘスの熱心な紹介者は、あの頑固一徹な幻想好きの合理主義者ロジェ・カイヨワであった。途中からシュルレアリストたちと別れ、ブルトンの思想をきびしく批判した人物である。いわば前衛ぎらいになって、いつからか、カイヨワはボルヘスに肩入れするようになったらしい。スペイン語はお手あげだから、私もカイヨワのおかげで、ボルヘスの作品をフランス語で楽しむことができるようになった。

ボルヘスの短篇小説の秘密については、私は前に「エレアのゼノン」という文章の中で論じたことがある。一見したところ、迷宮や鏡や円環のイメージによって錯綜しているように見えないこともないボルヘスの世界は、じつは意外に単純な一つの原理、つまりエレアのゼノンのパラドックスによって支配されているということを論じたものだった。この私の意見はいまでも変っていないし、これにつけ加えることは何もないような気がするから、ここでは、ボルヘスの小説について語ることはやめよう。

ボルヘスを読む楽しさの一つは、ボルヘスとともに古今東西の文学作品を読むという楽しさである。

いや、それだけでは意をつくしたことにはならないだろう。ボルヘスの作中に出てくる古今東西の文学作品は、いずれもボルヘス先生お気に入りのものだから、私もそれに教えられて、新たな発見をしたり再発見をしたりすることができる。そういう種類の楽しさだといえばよいだろうか。

思いつくままに書くが、私はボルヘスに教えられて、ペルシア文学初期の神秘主義詩人ファリード・ウッディーン・アッタールの『鳥のことば』や『聖者列伝』に親しむようになった。『鳥のことば』といえば、古くは『ルバイヤート』の名訳で知られるフィッツジェラルドが英訳しているが、最近では、演出家のピーター・ブルックがこれを劇化して、ペルセポリスの廃墟で上演したことが話題になった。ボルヘスは『鳥のことば』が大好きで、再三これにふれている。

ジョヴァンニ・パピーニの短篇のおもしろさを知ったのも、ビオイ・カサーレスの怪作『モレルの発明』を読んで驚嘆したのも、ボルヘスに教えられてのことではなかったろうか。もっとも、ボルヘスは大いに気に入っているらしいのだが、私のほうではなかなか読めない作者や作品もある。たとえばフランス十九世紀のレオン・ブロワ。こいつはどうも苦手だ。つい私は敬遠する。

プリニウスやトマス・ブラウンはいわずもがな、『千夜一夜物語』だって、オスカー・ワイルドの童話だって、パスカルの『パンセ』だって、ライプニッツの『単子論』だって、メルヴィルの『バートルビー』だって、ショーペンハウアーの『パラリポーメナ』だって、ヴォルテールの『ミクロメガス』だって、ポーの『アーサー・ゴードン・ピム』だって、もしボルヘスがそれについて述べていなかったら、私は再発見の楽しさを味わうことができたかどうか疑問に思う。

ボルヘスのいうことは、いつでも至極簡単なことである。たとえばワイルドについて、「その悪の習慣や不幸にもかかわらず、びくともしない無垢を保ちつづけている男」とボルヘスはいう。その証拠は、ワイルドの生涯と文学を素直に眺めてみればよい。なるほど、そういわれてみればたしかにその通りで、私たちは目から鱗が落ちたような思いをするだろう。このボルヘスのワイルド評から出発して、卓抜なワイルド論を展開したのは富士川義之氏であった。ついでに述べておけば、ボルヘスは九歳のとき、ワイルドの「幸福な王子」を翻訳しているという。この幼時体験が、のちのワイルド評をみちびき出す動機の一つになっていることは確実だと私は思う。

私が大いに気に入っていて、ボルヘスも当然好きではないかと思うのに、案に相違して、あまり好きではないらしい作家もいる。たとえば二十世紀におけるゴンゴラの再来というべき詩人ジャン・コクトー。私の気がついたかぎりでは、ビオイ・カサーレスとの共著『怪奇譚集』

に『大股びらき』の中の一挿話が収録されているのみである。ちょっと残念でないこともない。自分のきらいな作家や作品には洟もひっかけないボルヘスの態度は、いかにも精神の貴族を思わせる。ボルヘスは徹底したフロイトぎらい、精神分析ぎらいで通っているが、同時代のパリのシュルレアリストたちがすべてウィーンの学者になびいたことを思い合わせると、この誇り高きプラトン主義者の姿勢はとくに際立って見える。

短いものをほんの少ししか書かないで大作家になった男。ここにもボルヘスという作家の秘密がある。あるいは二十世紀文学の秘密というべきか。もうそろそろ垂れ流し長篇小説公害論が出てきてもよさそうである。

あとがき

澁澤龍子

澁澤龍彥の書斎で、彼の愛用した机に向かい、澁澤の最後のエッセー集『都心ノ病院ニテ幻覚ヲ見タルコト』——あとがき——の原稿を書いています。

机の上の筆立、地球儀、文鎮、眼鏡、次作のための資料本「アブラカダブラ」、「木地師」や手垢で黒くなったボロボロのフランス語辞書などは、二年余前と変らずそのままになっています。机の後の本棚には、サド全集やエロティシズム関係の書物が並び、机の前方には、コクトーやジャリ等々の原書群、机の周りには夥しい数の辞典類。今すぐにも彼は仕事を始める事ができるでしょう。

静かな書斎には、四谷シモン作の人形、彼の長く愛用した数多くのパイプ、マルキ・ド・サドの直筆書簡等々がひっそりとそこにあります。

樹々を通りぬけてくる風も、その匂いも以前のまま。彼が大好きだったほととぎすや、とらつぐみも変らずよく鳴きますし、梅雨明けには、ひぐらしも盛んに鳴きます。庭に来るリス達もいつものように忙しそうに枝々の間を駆けめぐっています。毎年親しい方を御招きして眺めた牡丹桜も春に爛漫の花をつけます。何もかも二年余前と変りません。

しかし澁澤龍彥は、もうおりません。

一九八七年八月五日午後三時三十五分、永遠の旅立ちをしました。あの日のことは、全てが判然としているようで、そしてまた全てが夢の中のような、空中を歩いているような感じがしています。あの日、それでも夢中で出口裕弘さんや種村季弘さんに御連絡したと思います。直ぐにお二人とも奥様と御一緒に来てくださり、報を聞き駆けつけてくださった金子國義さん、四谷シモンさん、出版社の方々に助けられ、お世話になった医師、看護婦の皆様のお見送りを受け、慈恵医科大学病院から、北鎌倉の家へ帰って来ました。家には先に来て下さった池田満寿夫、佐藤陽子、野中ユリさんたちがおられ、私達を出迎えて下さり、そして澁澤が愛したモリニエ、スワーンベリ、ベルナール、フィニー、ゾンネンシュターン、フックス、ミロ、その他親しい画家達の絵画、飾り棚のオブジェに囲まれた居間に、彼は静かに横たえられました。

その夜、地をつき刺す稲妻と激しい雷鳴があり、地に響き、それは龍が地響きをたて暗黒の夜を真二つに割って天にのぼって行くように思われ、眠れぬままにすさまじい閃光を見続けていました。

澁澤の闘病は一年続きました。一九八六年九月、喉の痛み、咳が激しくなり、慈恵医科大学病院に参り診察を受け、即入院と告げられました。彼はその数か月前から喉が痛むと鎌倉の耳鼻咽喉科病院に通っておりました。少しも良くならない、と病院を変えたりし、診察の時、彼は「悪性のものではありませんか」と医師に訊ねていました。その都度、心配はないといわれ、安心しているようでした。診察では、ポリープとか咽頭炎などといわれ、それを信じ半年以上も治療に通っていた訳で、その間に癌は進行の速度を早めて行ったのです。

慈恵医大に入院したその日、気管支切開をし、彼は声を失いました。そして精密検査の結果、下咽頭癌と診断。私は、もしか……と覚悟はしていましたけれど、やはり天地がぐるぐると回るような強い、激しい衝撃を受けておりました。その時、澁澤は、どんなに強く深い衝撃を受けたか……。私には計り知る事はできないままでした。しかし澁澤は、「さ、『高丘親王航海記』を完成させなくては。明日資料と原稿用紙を持って来て」と紙片に書きつけ、持って来るべき書名と本のあり場所を示す地図を書き始めました。そう、その地図を書いてもらわなくては、沢山の本の中から、彼の欲しい本を探し出すことが私には出来ないからでした。彼は丁寧に地図を書きました。

そしてまた、「延命のための無駄なこと、絶対しないように。その時、龍子がはっきり云うんだよ」と薄いかすれる、息のような声で云われました。そしてメモにはっきりと書きとめました。その息のような言葉を聞いた途端、涙がどっと溢れ、「うん、わかった」と答えるのがやっとでした。その後、彼の死迄、私達は二度とその話にふれることがありませんでした。そう約束したことが重く、今も深く、私の心に、刻まれています。

放射線の治療が始まり、病院生活にもなれて来ますと、北鎌倉の書斎を移したようにベッドの周りに本を積みあげ、短い原稿を書き、筆談でのインタビューを受け、お見舞客と筆談、談笑したり……家にいるのと変らないような日々が続きました。澁澤は、声を失った不便を少しも感じさせない程の早さで、紙にどんどん話したいこと、必要なことを書いて行きました。精神的な面では、私は彼が病人であることを忘れる程でした。ですから私は病人を看護するために病院に通うという印象は薄く、東京の彼の仕事場に毎日通って行くのだと思っていました。

ある日の事、病室に入って行った途端、「ね、何が一番ひどい病気か考えたんだけど、やっぱり癌だよ」と書いた紙片を私に渡しました。私は咄嗟でしたのでうまく答えられず、「もっと大変な難病だってある筈だし、心臓の病気も苦しいんじゃない？」といいつつ、頭の中で必死になって、ひどい病気を次々と考えました。でも、癌よりひどい病気を思いつくことは出来ませんでした。（彼の死から一年も経たないうちに、私自身も同じ慈恵医大で、大動脈弁狭窄症と診断され、心臓の手術をうけました。医師に恵まれたせいもありますが、〝心臓手術〟といわれた時は、流行風邪ぐらいにしか感じられず、澁澤の癌の病名を聞かされた時の衝撃の方が、ずっとずっと激しく重いものでした。やはり、澁澤のいったように、現代では癌が最も怖くひどい病なのかも知れません。）

澁澤は、十一月十一日に十数時間に及ぶ手術を受け、十二月二十四日に退院の許可が出て北鎌倉の書斎に戻ることができました。彼は直に本の整理を始め、『高丘親王航海記』の第六章「真珠」の執筆に入りました。「文學界」に完成した原稿を渡し、無理をしたためか体調を崩し、二月に再度慈恵医大の内科に入院。その入院中は比較的元気で、このエッセー集の表題の「都心ノ病院ニテ幻覚ヲ見タルコト」を書き、次の作品の構想を練っておりました。そして、二、三日の外泊許可を頂き、家に帰って、「國文學」の〝澁澤龍彦特集〟のため、池内紀さんの筆談によるインタビューを受けたりしていました。

体調を回復し、三月十四日に退院。

四月にはお客様を招き、お花見をしたり、お酒も舐めるように口にふくみ、少しですが生活を楽しむ事もできました。そして『高丘親王航海記』の最終「頻伽」の原稿を書き上げ「文學界」に渡すと、五月二日、慈恵医大耳鼻咽喉科に再び自家に生きて帰ることのない入院をしました。

再発でした。余りにも早い再発に驚く医師に「先生が青くなっちゃ困りますよ」と澁澤が忠告した程早かったのです。それからは、放射線治療が繰り返され、手術も行なわれ、絶望的な状況が続きましたが、澁澤は、普段と変るところなく執筆し、装幀を考え、次の作品『玉虫物語』のため、資料を読んでおりました。

そして、八月五日、ベッドで読書中に頸動脈瘤が破裂。——一瞬の死でした。

種村季弘さんも出棺の辞でいわれたように、生前澁澤は、ウェスヴィアス火山爆発を観察中に火山弾に当たり倒れた大博物学者プリニウスの死を理想の死と申しておりました。ですから、自身の肉体の爆発で一瞬に倒れた澁澤は、理想の死を遂げたといえるでしょう。しかし、死に理想の死というものがあるのでしょうか……。

澁澤は今、鎌倉五山第四位臨済宗浄智寺に眠っております。

澁澤が、多くの方々と閑談、談論を続けた書斎の隣の応接間から、彼の墓地のある浄智寺が見えます。そこに至る山門と細い道も。

春には爛漫の桜が墓地周辺を囲み、五月八日の彼の誕生日には沙羅双樹の白い花が咲き乱れます。夏、蟬しぐれの中、百日紅の燃える紅が、庫裡の藁ぶき屋根を染め、秋には山門の紅葉が、澄んだ逆光に照らされ、極楽浄土を思わせるでしょう。そして冬、周辺の小さな山々の枯葉が落ちて、よく晴れた日には、浄智寺の山門への細い道は午後の陽光をうけて杉木立の中から白く浮かび上がり——。

澁澤はそんな日「龍子、来てごらん、今日も道がすごく綺麗だよ」とよく声をかけました。「綺麗、綺麗！　天国に行く道みたい」と私は叫び、応接間のガラス戸越しに、私達は、飽かずその美しい道を眺めていました。

彼が、夢の中の道のように美しいその道を歩き、こんなに早く山門の向こうにいってしまうとは思いもよらなかったことです。

私は、毎日、その道を眺め、そして彼のいる彼岸に至るその道を歩いています。

このエッセー集は、澁澤が生前に出版する予定で、元立風書房編集部の宮越さんとお約束していたものです。澁澤もこのエッセー集のあと何冊も書き続けるつもりでおりましたのに、これが最後のエッセー集になってしまいました。長い間待って一本にして下さった宮越壽夫さん、最後のエッセー集を美しい装幀で飾って下さった中島かほるさんに感謝いたします。

そして、澁澤龍彥を愛して下さった皆様の心の中で、澁澤がいつまでも生き続けてほしいと願っています。

一九八九年　冬

初出一覧

太字のみ著者の標題

水と火の行法『東大寺お水取り——二月堂修二会の記録と研究』所収　小学館　一九七五年二月十八日刊行

生きた知識の宝庫「廣文庫」名著普及会　パンフレット（一九七六年四月頃か）

『我身にたどる姫君』雑感　今井源衛現代語訳『我身にたどる姫君』巻七所収　桜楓社　一九八二年十月刊行

遠近法の小説「ヘンリー・ジェイムズ作品集」国書刊行会　一九八三年五月　内容見本

十八世紀　毒の御三家　スウィフト　サド　ゴヤ「芸術新潮」一九八三年八月号

矢牧一宏とのサイケデリックな交渉『脱毛の秋——矢牧一宏遺稿・追悼集』所収　私家版および社会思想社版　いずれも一九八三年十一月十九日刊行

オブジェとしての裸体について　川田喜久治オリジナルプリント『Nude』所収　新潮社　一九八三年十一月三十日刊行

『エトルリアの壺』その他「短歌」一九八三年十二月号

死刑問題アンケート「伝統と現代」一九八三年冬号（十二月三十一日）

金子國義画集『エロスの劇場』小学館　一九八四年一月三十日刊行　内容見本

加山さんの版画『加山又造全版画集』（一九五五年〜一九八四年）平凡社　一九八四年二月刊行　内容見本

リゾームについて——十九世紀パリ食物誌「國文學」一九八四年三月号

フランスを知るためのブックガイド・文学「ふらんす」臨時増刊号「特集フランス」一九八四年四月

鎌倉のこと「トレフル」一九八四年四月号

石笛と亀甲について「新潮」一九八四年四月号

ポンカリ「潮」一九八四年四月号

解説『夜叉ケ池・天守物語』解説　岩波文庫　一九八四年四月十六日刊行

ロマン劇の魅力　ヴィクトル・ユーゴー「ルクレツィア・ボルジア（ボルジア家の毒薬）」一九八四年四月二十二日〜二十九日公演パンフレット

遊戯性への惑溺「アサヒグラフ」一九八四年六月一日号

たのしい知識の秘密「日本読書新聞」（「追悼　林達夫」）一九八四年五月十四日

狽の枕について「國文學」一九八四年八月号
写真家ベルメール——序にかえて『ハンス・ベルメール写真集』所収　リブロポート　一九八四年八月十日刊行
今さんの思い出「東京新聞」(夕刊) 一九八四年八月二十三日
ポルノグラフィー(50選)「マリ・クレール」一九八四年九月号
私のバルチュス詣で「朝日新聞」(夕刊) 一九八四年九月四日
随筆家失格「新刊ニュース」一九八四年十月号
来迎会を見る「新潮」一九八四年十月号
ドミニク・フェルナンデス『シニョール・ジョヴァンニ』他書評「中央公論」一九八四年十月号
江戸の動物画「芸術新潮」一九八四年十月号
私の著作展「新刊ニュース」一九八四年十一月号
玉虫の露はらい「すばる」一九八四年十一月号 (奥本大三郎氏グラビア頁への文章)
夢のコレクション「新潮」一九八四年十一月号
ルドン「ペガサス」「東京新聞」(夕刊) 一九八四年十一月六日
神田須田町の付近「日本近代文学館」第82号　一九八四年十一月十五日
物の世界にあそぶ『高濱虚子』(「現代俳句の世界」1) 所収　朝日文庫　一九八四年十一月二十日刊行
珍説愚説辞典「新潮」一九八四年十二月号
校正について「新刊ニュース」一九八四年十二月号
中野美代子『中国の妖怪』(岩波新書) 書評「潮」一九八四年十二月号
加納光於　痙攣的な美「芸術新潮」一九八五年一月号
鰻町アングイラーラ「うなぎ百撰」一九八五年正月号
南方学の秘密『続々南方随筆』所収 (「南方熊楠選集」第五巻) 平凡社　一九八五年一月十日刊行
細江英公『ガウディの宇宙』集英社　書評「マリ・クレール」一九八五年二月号
人形師と飲む酒「コート・ド・シャンパーニュ」第四号　一九八五年二月
小川煕『地中海美術の旅』推薦文　新潮選書　一九八五年二月二十日刊行
私のハーゲンベック体験　国立ドイツ動物大サーカス　日本公演 (一九八五年二月〜十一月) パンフレット
「小間使の日記」映画評「エル・ジャポン」別冊　一九八五年三月五日
鉱物愛と滅亡愛「幻想文学」第十号　一九八五年三月十五日
待望の詩誌「パンテオン」および「オルフェオン」復刻版　萌木社　一九八五年四月三十日、一九八六年五月二十四日刊行

パンフレット
序　植島啓司『分裂病者のダンスパーティ』所収　リブロポート　一九八五年五月十四日刊行
もっと幾何学的精神を——第一回幻想文学新人賞選評『幻視の文学1985』所収　一九八五年五月三十日刊行
島谷晃画『おきなぐさ』（宮沢賢治原作）推薦文　サンブライト出版　一九八五年八月十日刊行
ホラーの夏　お化けの夏「毎日新聞」（夕刊）一九八五年八月十七日
標本箱に密封された精神「アニマ」一九八五年九月号
ホモセクシュアルについて「月刊カドカワ」一九八五年九月号
消えたニールス・クリム「文藝」一九八五年九月号
序『幻想のラビリンス』（『日本幻想文学大全』上）所収　青銅社　一九八五年九月二十日刊行
澁澤龍彦が選ぶ私の大好きな10篇「幻想文学」第十三号　一九八五年十一月十五日
クロソウスキー『バフォメット』推薦文　ペヨトル工房　一九八五年十二月二十四日刊行
吸血鬼、愛の伝染病　映画「ノスフェラトゥ」（ヘルツォーク監督）ＲＡＲＣＯ・シネマテン共同配給　パンフレット
変幻する東京「東京人」ポスター　教育出版　一九八六年一月
贖罪としてのマゾヒズム　Ｄ・フェルナンデス『天使の手のなかで』（早川書房）書評「中央公論」一九八六年三月号
海外ミステリーおよび映画アンケート「マリ・クレール」一九八六年三月号
さようなら、土方巽「新劇」一九八六年三月号
序　**モリニエ頌**『ピエール・モリニエ』所収　アート・スペース美蕾樹（一九八六年三月頃）
初音がつづる鎌倉の四季「日本経済新聞」一九八六年四月十七日
ジャン・ジュネ追悼「朝日新聞」（夕刊）一九八六年四月十八日
中井さんのこと「中井英夫スペシャル」（「別冊幻想文学」１）一九八六年六月十五日
東勝寺橋「かまくら春秋」一九八六年六月号
百五十年の歴史をたどる——『写真の見方』を読んで「波」一九八六年七月号
回想の足穂　稲垣足穂『少年愛の美学』所収　河出書房新社　一九八六年七月四日刊行
お目にかかっていればよかったの記「流域」（青山社）第十九号　一九八六年七月七日
ストイックな審美家　富士川義之『幻想の風景庭園』栞　沖積舎　一九八六年九月刊行
ボルヘス追悼「新潮」一九八六年八月号
駒込駅、土手に咲くツツジの花「週刊住宅情報」一九八六年九月十七日号
河村錠一郎『コルヴォー男爵——知られざる世紀末』（小澤書店）書評「マリ・クレール」一九八六年十月号

マリオ・プラーツ『肉体と死と悪魔』推薦文　国書刊行会　一九八六年十一月十日刊行
菊地信義『装幀＝菊地信義』所収の文章　フィルムアート社　一九八六年十二月一日刊行
妄譚「写真時代」（白夜書房）一九八六年十月号
ふたたび幾何学的精神を——第二回幻想文学新人賞選評「小説幻妖」第弐号　一九八六年十一月二十五日
変化する町「三田文学」秋季号　一九八六年十一月
星の思い出　林完治写真集『星の詩』所収　ぎょうせい　一九八七年二月刊行
都心ノ病院ニテ幻覚ヲ見タルコト「文學界」一九八七年四月号
穴ノアル肉体ノコト「海燕」一九八七年五月号
少女と奇蹟「エル・ジャポン」一九八七年九月号

P+D BOOKS ラインアップ

残りの雪（上）	立原正秋	古都鎌倉に美しく燃え上がる宿命的な愛
残りの雪（下）	立原正秋	里子と坂西の愛欲の日々が終焉に近づく
サド復活	澁澤龍彥	澁澤龍彥、渾身の処女エッセイ集
マルジナリア	澁澤龍彥	欄外の余白（マルジナリア）鏤刻の小宇宙
玩物草紙	澁澤龍彥	物と観念が交錯するアラベスクの世界
都心ノ病院ニテ幻覚ヲ見タルコト	澁澤龍彥	澁澤龍彥〝偏愛の世界〟最後のエッセイ集

P+D BOOKS ラインアップ

おバカさん　遠藤周作　●純なナポレオンの末裔が珍事を巻き起こす

宿敵 上巻　遠藤周作　●加藤清正と小西行長　相容れない同士の死闘

宿敵 下巻　遠藤周作　●無益な戦。秀吉に面従腹背で臨む行長

銃と十字架　遠藤周作　●初めて司祭となった日本人の生涯を描く

ヘチマくん　遠藤周作　●太閤秀吉の末裔が巻き込まれた事件とは？

決戦の時（上）　遠藤周作　●知られざる、信長〝青春の日々〟の葛藤を描く

（お断り）

本書は1990年に立風書房より発刊された単行本を底本としております。
あきらかに間違いと思われるものについては訂正いたしましたが、
基本的には底本にしたがっております。
また、底本にある人種・身分・職業・身体等に関する表現で、現在からみれば、
不当、不適切と思われる箇所がありますが、著者に差別的意図のないこと、
時代背景と作品価値とを鑑み、著者が故人でもあるため、原文のままにしております。

澁澤龍彦（しぶさわ たつひこ）
1928年（昭和３年）５月８日―1987年（昭和62年）８月５日、享年59。本名、龍雄（たつお）。東京都出身。1981年『唐草物語』で第９回泉鏡花文学賞受賞。代表作に『高丘親王航海記』など。

P+D BOOKS

ピー プラス ディー ブックス

P+Dとはペーパーバックとデジタルの略称です。
後世に受け継がれるべき名作でありながら、現在入手困難となっている作品を、
B6判ペーパーバック書籍と電子書籍で、同時かつ同価格にて発売・配信する、
小学館のまったく新しいスタイルのブックレーベルです。

都心ノ病院ニテ幻覚ヲ見タルコト

2016年12月11日　初版第1刷発行
2023年6月14日　第6刷発行

著者　澁澤龍彥

発行人　石川和男
発行所　株式会社　小学館
〒101-8001
東京都千代田区一ツ橋2-3-1
電話　編集　03-3230-9355
　　　販売　03-5281-3555
印刷所　大日本印刷株式会社
製本所　大日本印刷株式会社
装丁　おおうちおさむ（ナノナノグラフィックス）

ISBN978-4-09-352289-2

P+D BOOKS